Das Mädchen mit den Orangenpapieren

Ein Rätsel

»*Ich zog da aus, / wo Lumpen einkehrten, / zog in ein Haus, / bewohnt von Gelehrten.*« Elsa stutzt und wiederholt den Vierzeiler so langsam, als könne sie dadurch die Wörter aus der Reserve locken. Ihr Vater schaut ihr über die Schulter und liest nun selbst halblaut das Rätsel, er dreht das Radio leiser.

»Gehört das zur Hausaufgabe?«

»Kann, hat Kapuste gesagt, kann.«

»Kann was?«

»Man kann es lösen – wenn man's kann. Er redet immer ein wenig um die Ecke.«

Ihr Vater lacht.

»Und – kannst du's?«

»Nein, und du?«

»Du kannst – uns einen Gefallen tun und noch Suppengrün einkaufen, ja?«

Sie ist schon auf der Straße, als er ihr nachruft: »Und frischen Majoran, wenn vorhanden, und –«

»Ja?«

»Ach, nichts …«

»Zuban?«

»Geben sie dir nicht! Hol ich mir selbst!«

Morgen so gut wie gestern und heute – Zuban! Ein Satz wie ein Möbiusband. Dieser Spruch hatte Elsa einige Tage lang verwirrt, als sie ihn auf einem schmalen roten Emailleschild am Zaun eines Biergartens entdeckt hatte. Solche ›Slogans‹, wie ihr Vater das nannte, kannte sie aus Dresden nicht. Warum ›morgen‹ wie ›gestern‹ und ›gestern‹ wie ›heute‹? War nicht jeder Tag anders? »Nur die Nacht ist immer gleich«, hatte die Großmutter gesagt, als wär's ein Zauberspruch. Zuban?! Eine Speise? Ein Schmerzmittel? Dann sah sie die Rauchschlange zwischen den Wörtern aufsteigen.

Am Morgen war Föhn gewesen: gläsern flimmernde, unwirklich klare Luft, die ferneren Berge fast zum Greifen nah, die dunklen Fichtenhänge wie eine erstarrte Lawine über Marstein, gemildert nur von dem leuchtenden Ahornlaub näher im Tal.

Jetzt, in der lauen Nachmittagsluft, zittert über dem Kamm des Hochjochs ein milchheller Streifen. Darüber das graue Aquarell einer Wolke, die sich wie ein Bühnenvorhang herabsenkt. Aus den Schornsteinen der Burg steigt weiß gefädelter Rauch.

In den sieben Monaten, die Elsa mit ihrem Vater hier in Marstein lebt, hat sie sich an den Anblick der Berge nicht gewöhnen können. Manchmal will sie den Blick gar nicht heben, zu erdrückend ist die Maßlosigkeit der dunklen Felsen und Klüfte. Das Auge rutscht ab an den glatten, baumlosen Kanten, den Brocken und Schründen. Fremd und kalt ragen die Berge auf, unerreichbar und undurchdringlich. Und diese Kreuze, überall diese Kreuze! Auch die aufregenden Farbenspiele – das Grauviolett des Himmels, die zentaurischen Wolken mit ihren jagenden Schatten, die blaugrünen Nadelwaldhänge, die helle Tonsur der hoch oben in den Wald eingekerbten Herzwiese – können die monumentale Fremdartigkeit nicht vertreiben. Elsa findet hier keinen Halt. Alles stürzt.

Ihr Hüftleiden macht den Weg von der Neubau-
siedlung in die kleine Stadt etwas beschwerlich.
Obst und Gemüse sind in einem überdachten
Stand vor dem Geschäft ausgebreitet. Aus dem
Stockwerk darüber ist ein Cello zu hören, das
mit Geläufigkeitsübungen gequält wird. Von einer Lampe eigens beleuchtet – Boskop, Lederäpfel
und Butterbirnen lagern im Schatten – sind vor
dem Laden die Kisten mit den frisch eingetroffe-
nen Orangen und Mandarinen zu einem mehrstu-
figen Altar gestapelt. Elsa starrt auf die diagonalen
Reihen der bunt eingewickelten Früchte. Sie kann
sich nicht erinnern, in Dresden so etwas gesehen
zu haben. Herrisch zerteilen sie die Obstkisten
in dunkelgoldene Dreiecke. Dutzendfach kugelt
ein papiernes Fragezeichen quer durch eine Kiste.
Eine Phalanx von rotgestiefelten Katern paradiert
vor Elsas Augen, die weiße Maske auf der Schnau-
ze ist rot gefleckt, das Maul blutverschmiert. Ein
schwarzer Kater, der Blutorangen frisst! Elsa
schlängelt sich an einem Herrn im Lodenmantel
vorbei, nah an die Kisten heran, ihr Einkaufsnetz
verhakt sich in seinem Mantelknopf – »Verzei-
hung.« Ein Dackel knurrt. »Die Elsa!«, hört sie
die Stimme der Obstfrau neben sich, die für den
Herrn vorsichtig Mandarinen und Orangen aus

den Kisten klaubt – und leiser: »Komm nachher wieder.«

Der Herr im Lodenmantel nestelt an dem Knopf, schließlich löst seine Hand mit dem Siegelring das verheddete Netz. Kalter Tabakgeruch weht Elsa an, sie fährt zurück. Unwirsch, von Elsas Eindringen und mehr noch vom zutraulichen Ton der Obst-händlerin gestört, deutet der Herr auf Zitronen, Orangen, getrocknete Feigen, eine Kokosnuss. »Tü-ten Sie mir das alles schön ein, Frau Gaukler, ich lass es später abholen, habedieehre.« Sein Gams-bart zittert.

Der Fluss

Elsa zieht es zum nahen Fluss. ESPORTAZIONE AGRUMI hat auf der Banderole der Kiste gestanden. Agrumi? Ob sie Kapuste fragen soll?

Auf der Bogenbrücke bleibt sie stehen und blickt in das türkisgrüne Wasser der Ache. Sie genießt den Taumel, mitgerissen zu werden, wenn sie in das donnernde Band des Flusses starrt. In Dresden hatte sie manchmal mit ihrer Mutter auf der Albertbrücke gestanden, hoch über der Elbe, und sie hatten in den behäbig dahinfließenden Strom und über das weite Tal geblickt, in dem der Fluss wie in einer Schale glänzte. Zum Fürchten das große Denkmal des nackten Bogenschützen am linken

Elbufer: Als habe er es auf die Passanten abgesehen, war sein Bogen zum Zerreißen gespannt. Der Athlet, überlebensgroß, in seiner unbeirrbaren Haltung: Jeden Augenblick konnte er seinen tödlichen Pfeil über das weite Tal herüberschicken. Aber hier ist kein Haus, keine Kirche zerstört, keine Ruine weit und breit. War der Krieg nicht bis hierhergekommen? *Unsere Toten – unvergessen, 1939-1945* stand auf einer polierten Marmorstele mit zwanzig Namen vor der Aussegnungshalle auf dem Friedhof von Marstein. Aus Langeweile war sie an einem heißen Julitag während der Ferien auf dem Weg zu Fräulein Knehr, ihrer Klavierlehrerin, zum ersten Mal über den Friedhof gegangen.

Die Ache schießt nach Norden. Elsa presst die Augen zusammen und verfolgt die leuchtenden Blitze hinter ihren Lidern, sie hält die Luft an, taucht ein in das Rauschen des Flusses.

Eine Dreiklangglocke schlägt an ihr Ohr. Sie erschrickt. Der Asampauli bremst scharf und hält mit einem Damenfahrrad neben ihr.

»Da schaust du!«

Elsa freut sich. Pauli war der Einzige gewesen, der über ihren Dialekt nicht gewitzelt hatte, als sie neu in die Klasse kam. Er lehnt das Rad an das

Geländer, hievt sich mit einem Satz an der Brüstung hoch, beugt sich weit hinaus und wippt hin und her. Ein Spiel. »HOCH! – HOCH! – HOCHSPANNUNG! – LEBEN! – LEBEN! – LEBENSGEFAHR! Das steht da, unter der Brücke! Elsa, ich fliege!« Er breitet seine Arme aus und hält zitternd, nur mit dem Bauch auf der Brüstung liegend, die Beine waagrecht ausgestreckt, seinen Körper in der Schwebe. »Flieg' ich, fall' ich! Fall' ich, flieg' ich!«, lacht er keuchend.

»Du spinnst, Pauli!«

Pauli wird rot und rutscht herunter.

Vor ein paar Wochen, nach den großen Ferien, hatte er ihr eine große Muschel geschenkt: »Aus Amrum. Hör mal, wie's rauscht?«, und hielt ihr die Muschel ans Ohr.

Ihre Blicke ruhen auf der Stromschnelle, die wie eine kräftige Ader aus der glatten Muskulatur des Flusses hervortritt.

Tara?

»Hast du das Rätsel lösen können?«

»So ein Schmarrn – *wo Lumpen, wo Lumpen einkehrten!* – hat mein Bruder gesagt, der Xaver. Wo sollen denn Lumpen einkehren, wo denn?! Xaver glaubt, dass wir zu Hause ein Rätselbuch haben. Da könnt' es drinstehen. Mit der Lösung.«

»Und wenn's nicht drinsteht?«

»Dann haben wir Pech gehabt.«

»Sehr witzig!«

Zwei Glockenschläge wehen von der Kirche herüber, sie gehen in dem Tosen der Ache fast unter. »Ich muss jetzt heim, Holz schlichten, Servus!«, Pauli klingelt und radelt in den Pedalen stehend los.

»Ich finde Kapuste toll!«, ruft Elsa. Pauli ist schon auf und davon.

Ein dicker Ast schießt unter der Brücke hervor, wird von der Strömung eingekeilt und wie von einer unsichtbaren Riesenhand langsam hin und her gedreht. Elsa geht zum Laden zurück.

Mit der hereinbrechenden Dämmerung flammen vereinzelt Lichter in Schaufenstern und Wohnungen auf, durchsetzt mit den Laternenkegeln mustern sie die Straße zum Obstladen mit hellgelb und bläulich verzerrten Rauten. Frau Gaukler winkt Elsa herein. Drinnen ist es kühl, Äpfel und Küchenkräuter würzen die Luft. Unterm Ladentisch holt sie eine prall gefüllte Obsttüte hervor. »Hier«, sagt sie, »für dich.«

Die grüne Tüte ist federleicht und offen wie ein Fischmaul. Im Halbdunkel sieht Elsa darin einen gefalteten Packen hauchdünner Papiere. Wie Blätterteig! Sie bedankt sich und legt das knisternde Päckchen in ihr Netz zum Suppengrün. Langsam macht sie sich auf den Heimweg. »Majoran, verdammt!«, entfährt es ihr, empört dreht sich eine Nonne nach ihr um, aber Elsa hat schon kehrtgemacht.

Am Abend in ihrem Zimmer breitet sie die Orangenpapiere auf ihrer Bettdecke aus. Sie sind so leicht, dass schon ein Lufthauch, ein Atemzug sie in die Höhe fliegen lässt. Ein Flickenteppich aus Farben und Figuren: Kaum hebt sie eines auf, äugt sie schon nach einem anderen, das in der Flut der bunten Muster aufmerksam betrachtet werden will. Sie buchstabiert die fremdländischen Namen der Händler, ihr wird fast schwindlig von den vielen Göttinnen, Landschaften, Tieren, Pflanzen, Helden und Initialen – und immer wieder »Sicilia«! Dieses ganze Papiertheater nur, um die Früchte heil aus Italien und Spanien hierherzubringen!

»*Netto* nennen wir den Inhalt, *Tara* die Verpackung und *Brutto* alles zusammen. Diese Wörter sind selbst Importe, aber das muss euch jetzt nicht weiter interessieren. Die Verpackung ist zum Wegwerfen, also Müll«, sagte Kapuste. Ottfried, der immer ein bisschen schlauer ist als die andern und der schon mehrmals und ungefragt verkündet hatte, er wolle einmal »Pharmakognost« werden und allein mit diesem Wort die andern verblüffte, Ottfried hatte mit dem Finger geschnippst: »Mein Vater, Herr Professor, ist Philatelist, und ich sammle auch. Sind Briefmarken auch Taramüll?« Die Klasse lachte. Der lange Benni drehte sich zu Ottfried um und zeigte ihm einen Vogel.

Kapuste rieb sich den Kreidestaub von den Fingern. »Es freut mich zu hören, Ottfried, dass du, wie dein Herr Vater, Briefmarken sammelst. – Interessiert dich nun aber mehr der Wert der Marke oder was darauf abgebildet ist?«

Ottfried witterte eine Fangfrage. »Versteh' ich nicht.«

»Dann denk darüber nach.«

Elsa löscht das Licht und lässt ihre Tür einen Spalt angelehnt. Mit dem matten Flurlicht schwappen die Geräusche aus der Küche herein. »*In Brüssel ging heute die erste Weltausstellung zu Ende. Größte Attraktion für die Besucher war zweifelsohne das Atomium …*«

»Gute Nacht!«

»Schlaf gut, Elsa!«, kommt die Stimme ihres Vaters zurück. »*In Pakistan, meldet die Agentur Reuters, verdichten sich die Gerüchte …*«

Kühle Nachtluft dringt herein. Weit ausschwingend verharrt die Mondsichel am Pendel der Venus, eine Wolkenstola nach der andern rast über den Trabanten hinweg, kaum erhascht, ist sie schon entschwunden. Frau Mengedoth trug als Frau Luna auf dem letzten Faschingsball eine solche Mondbrosche an ihrem Wolkenkleid. Jeden Tag führt ihr Schulweg Elsa am Schaukasten von *Foto Weichenrieder* vorbei, doch sind auf den von der Sommerhitze gewellten Colorbildern nur noch ausgebleichte Gestalten zu erkennen. Der vergilbte Zeitungsausschnitt daneben erinnert im Ton müder Geschwätzigkeit an das Fest. Damals war Elsa noch in Dresden, ihre Mutter war im Herbst zuvor gestorben.

Der Wind reißt das Fenster auf, Mohren, Vulkane, Adler, Pinguine und Fabelwesen wirbeln durcheinander. Unaussprechliche, verheißungsvoll klingende Wörter geistern durch die Nacht: PRINCIPESSA Di CEFALÙ, SANGUINELLE, MORO, ACIREALE. Elsa schläft.

Ein Weltuntergang

Weil ihr das Gehen beschwerlich ist, hat sie vom ersten Tag an einen eigenen Schulweg gewählt. Sie will nicht von den andern überholt oder abgehängt werden, will auch niemanden überreden, ihr zuliebe langsamer zu gehen, und schon gar nicht will sie bemitleidet werden. Nur Pauli darf sie hin und wieder begleiten und ihre Tasche tragen, wenn sie den Knüppelweg hinaufgeht.

Gestern war Pauli auf dem Schulweg etwas ins Auge geflogen. Heftig reibend versuchte er sich davon zu befreien.

»Nicht! Das macht es nur schlimmer. Schau mal nach links oben.« Behutsam zieht sie sein rechtes Unterlid herab und entdeckt ein winziges Staubkorn.

»Setz dich mal. Ist mir auch schon mal passiert, in der Eisenbahn, als ich mich aus dem Zugfenster gelehnt hab.«

Auf einem Kotflügel sitzend, biegt Pauli seinen Kopf zurück und haucht sie aus leicht geöffneten Lippen an. Elsa streicht ihm sein Haar aus der Stirn. »Wo hast du denn die Narbe her?« Vorsichtig streicht sie mit ihrem Finger über einen kleinen Höcker an Paulis Haaransatz.

»Fahrrad – jetzt mach doch!«

Mit ihrer Fingerkuppe tupft sie das Körnchen aus dem rosa Gewebe und zeigt es ihm. Ein Wimpernschlag. »Danke!«, seufzt Pauli und bedeckt sich das gerötete Auge mit ihrem Taschentuch.

Elsa wischt ihm eine Träne von seiner Wange.

Gelegentlich bleibt sie auf ihrem Schulweg stehen, um zu verschnaufen. Sie blickt ins Tal, wo die Ache sich im Dunst verliert, schaut hinauf zur dunklen Burg und der weißen Kapelle. Wie zwei zu groß geratene Gehäuse ruhen sie auf dem Höcker eines weit ins Tal ragenden Felsen.

Die Burg hat Elsa noch nie betreten, drinnen ist der Speisesaal der Internatsschüler, der ›Internen‹. Im Gänsemarsch und in kleinen Haufen strömen sie jeden Tag aus dem Schloss und den umliegenden Häusern zusammen und ziehen den schmalen Pfad hinauf, ein vorübergehender Saum zwischen dem Ort und dem Wald.

Wie alle Schüler aus den umliegenden Dörfern ist Elsa eine ›Externe‹. Sie mag das Wort nicht und mag nicht, wie die Internen es aussprechen. Sie mag es nicht, wie sie auch die ›Exen‹, die Extemporalien, nicht mag, die auf hektographierten Zetteln mit blauvioletten Fragen und Formeln aus dem Nichts auftauchen und wie Strafzettel verteilt werden. Ihre Großmutter hatte die Angewohnheit, einen Bleistift mit einer Mine von derselben Farbe mit der Zunge anzufeuchten, ehe sie damit schrieb. »Blei!«, sagte sie und streckte der kleinen Elsa die blaurot verfärbte Zunge raus, »Blei! Ist giftig!«, und lachte.

Der Weg gabelt sich, die Burg im Rücken biegt sie ab zum Bauernhof vom »Nazipeter«. »Peter Ignaz heißt der«, hatte Pauli ihr erklärt. Manchmal, wenn es nachts geregnet hat, beugt sie sich über die grüne Wassertonne und wartet, bis ein

Tropfen von der Dachrinne fällt und ihr dunkles Spiegelbild in den konzentrischen Wellen zerfließt. Um die Geißen mit ihren gelb geschlitzten Augen macht Elsa einen Bogen.

Hinter der Scheune ist die Ortschaft mit einem Mal zu Ende, der Weg quert eine Weide, die aus dem Hangwald hervortritt und als sanft gewellte Zunge ins Tal rollt. Hoch hinauf bis zur Baumgrenze schraubt sich das klafterbreite ›Kanonenrohr‹, eine Waldschneise für waghalsige Rodler. Am oberen Ende der Wiese stehen vor den schroff aufragenden Tannen die Bienenstöcke von Paulis Bruder Xaver. Jenseits der Wiese lauert, in einer Senke hinter hohen Bäumen, das Schloss, die Schule.

Heute sieht sie zum ersten Mal durch die entlaubten Bäume am Schlossgiebel eine gestrichelte Garbe in der Morgensonne aufblitzen: das Wandrelief eines geschweiften Sterns. In hohem Bogen, fast streift er sie, zieht ein Komet über die Weltkugel hinweg. ERBAUT 1910. Längs des mächtigen Rahmens münden wellenartig durchbrochene Kreise in den Strahlenfächer einer Sonne an der Spitze.

»In knapp dreißig Jahren, 1986, denkt daran, wird der Komet wiederkommen«, hatte Herr Kapuste gesagt, als sei dieses Datum greifbar nahe, »dann seid ihr – wir wollen uns das nicht ausmalen – erwachsen.« Zunächst etwas widerstrebend, schließlich, als der lange Benni nicht lockerließ, sagte Kapuste, dass er – »in eurem Alter« – den Kometen gesehen hatte.

»Ich war damals, es war im zehner Jahr, im Mai, da war ich vierzehn – jetzt wisst ihr also, wie alt Kapuste ist! –, damals war ich auf Schloss Staatz, das liegt bei der Stadt Laa drüben, eher hinten, gar nicht soo weit von hier, nun ja, eigentlich ist es auch nicht so nah. Neben dem Schloss, etwas oberhalb auf einem Sandsteinkegel« – der lange Benni stöhnte laut, weil Kapuste wieder abzuschweifen drohte – »steht eine Ruine. Dieser etwa hundert Meter hohe Sandsteinkegel, die Staatzklippe« – Kapuste dachte einen Augenblick nach und blickte zur Decke, er war kurz versucht, diese Klippe an die Tafel zu malen, fuhr dann aber fort –, »also dort wurde uns der erwartete Stern gezeigt. Meine Eltern waren sehr nervös, ich hatte sie noch nie ängstlich erlebt. Es stand ja schon seit Wochen in der Zeitung, dass der Komet bald vorbeikommen würde. Meine Mutter hat die täglich aufgetischte Nachricht immer laut vorgelesen, sie sagte ›Halley‹ wie Hallein, und jedes Mal hat mein Vater sie korrigiert, dass der Komet nicht aus Österreich komme, sondern von dem Engländer Halley entdeckt worden war, einem Freund von Newton, das habe er selbst nachgeschlagen. Schließlich wurde es ihm zu bunt, und er untersagte ihr, ›diesen Schreckensunsinn‹ weiter herumzutratschen, aber dann hat es ihn selber erwischt, und er sagte nur, dass er froh sei, wenn der Rummel endlich vorbei wäre. ›Soll die Welt doch untergehen, dann wär' wenigstens mal eine Ruh!‹, hat er gescherzt, aber er hatte wohl auch Angst, Angst, dass der Stern eben nicht vorbeizieht, sondern wirklich auf die Erde kracht. Das war sehr verbreitet, glaube ich, aber ehrlich gesagt, weiß ich das nicht mehr so genau, vielleicht habe ich das später nur gelesen! Also gut, dann tauchte der Komet auf. Wir wurden auf den Balkon geführt, es war ein kühler Morgen im Mai. Nun, eigentlich tauchte er gar nicht auf – er war einfach da, eine Erscheinung am helllichten Tag! Ein Stern am Morgen ist schon etwas Besonderes, darüber gibt es ja ein schönes Lied, aber dieser da mit seinem leuchtenden Schweif, wie gemalt, das hat uns doch sehr – also, außerirdisch, wie sag ich gleich, überirdisch. Er war sehr hell, wie er da mit einem Mal am Himmel stand. Wie ein Schäfer an der Spitze seiner Schafherde. Am meisten waren wir überrascht, glaube ich, dass die Vorhersage tatsächlich eingetroffen war. Wie oft wird nicht der Weltuntergang prophezeit, an dem und dem Tag, weil dann angeblich alles Mögliche zusammenkommt, und wenn es dann so weit ist, geht die Welt doch nicht unter, aber wenn so ein großer Stern wie ein verschmierter Kreidestrich über Nacht plötzlich am Himmel leuchtet, also das – «

Eine Neue

Elsa betritt das Schloss durch den Hintereingang. Ein Zentaur in Lederkappe, Kleppermantel und Stulpenhandschuhen, steigt Herr Hufnagl von seiner schweren *Zündapp*. Wie ein störrisches Tier hat er die Maschine mit einem Auspuffknall direkt vor dem Hofeingang aufgebockt. Leise fluchend kniet er nieder und macht sich am Motor zu schaffen.

Einmal, vor den großen Ferien, hatte er Elsa im Beiwagen mitgenommen, weil sie zu einer Untersuchung nach Prien musste. Auf dem Sozius saß, eng an Hufnagl geschmiegt, Fräulein Ferro, die Zeichenlehrerin. Hufnagl redete während der Fahrt laut und, wie er wohl glaubte, beruhigend, auf Elsa ein, doch hatte das ihre Beklommenheit in dem windigen Gehäuse nicht vertreiben können, aber schön war es, wie sie da zu dritt auf freier Landstraße dahinbrausten, die Berge rasch zurückwichen, und er, nach links und rechts deutend, die Namen der für Elsa meist unsichtbaren Sehenswürdigkeiten ausrief.

Heute, fast hatte sie es vergessen, sollte vor dem Unterricht Direktor Ladiges in der großen Eingangshalle sprechen. »Nicht das Übliche, keine Morgenandacht – ein Appell!«, hatte Herr Rugenstein gesagt und dabei ein verkniffenes Gesicht aufgesetzt.

Die große Tür zur Hoftreppe ist weit geöffnet. Elsa kommt im letzten Augenblick durch den Hintereingang – Pauli, schon ein wenig beunruhigt, hat für sie einen Stuhl bereitgestellt , ehe Ladiges, nachdem er die Reihe der Lehrer mit einem leichten Kopfnicken mehr übergangen als begrüßt hat, vor die Schüler tritt, sich räuspert und seine gespreizten Hände gegeneinanderdrückt. »Dssiplíin! – Dssiplíin!, meine Lieben!« Die ersten beiden Silben verschluckt er, während er die Endsilbe triumphierend in die Höhe zieht. Einen Augenblick verharrt er auf Zehenspitzen, während sein glasiger Blick ziellos über die Köpfe gleitet. Ärgerlich registriert er, wie jetzt ganz unpassend hinter den Schülern die Gestalt Hufnagls auftaucht, der, die Motorradbrille noch auf der Stirn, einen Schraubenschlüssel stumm in die Höhe hält.

»Dssiplíin und Dssípulus, der Schüler«, hebt Ladiges erneut und ein bisschen lauter an, »die beiden hängen miteinander zusammen wie – «, und in seine winzige Atempause hinein fliegt aus dem Nichts, wie ein perfekt geworfener Korbball, » – Max und Moritz«. Die Halle lacht. Die stoisch dreinblickenden Lehrer können sich ein Grinsen nicht verkneifen. Nur Kapuste hebt knapp seine Linke und geht, ernst durch die Reihen blickend, mit seiner tiefen Stimme dazwischen: »No jokes about names!« Ein Mädchen aber lacht hellauf, als alle anderen verstummt sind. Elsa blickt sich um – eine unbekannte Stimme! – und sieht hinter Pauli ein neues Gesicht. Ein Mädchen in ihrem Alter. Heller Teint, ein milder Schleier Sommersprossen, kurz geschnittener Pony, kastanienrotes Haar, hellgrüne Augen hinter schweren Lidern. Ladiges hat es die Sprache verschlagen – wegen des billigen Witzes, den sich wieder einmal einer mit seinem und dem Vornamen des stellvertretenden Direktors Moritz

Däschlein erlaubt hat, aber mehr noch wegen der blitzschnellen Reaktion Kapustes. Mit säuerlicher Miene nickt er dem Kollegen zu.

Elsa zupft Pauli an der Hosennaht. »Wovon redet er?«
Pauli drückt ihre Hand – »Nachher!«, wispert er und setzt ein ernstes Gesicht auf, als müsse er dem immer hektischer werdenden Appell des Direktors folgen. Die Neue lächelt Elsa zu. »*A bove maiori discat arare minor* … auf Deutsch, na?« – herausfordernd blickt Ladiges in die schweigende Runde und fährt dann fort: »*Der junge Ochs lernt das Pflügen an der Seite des älteren.*« Auf der großen Platane vor dem Eingang zetern Elstern und Raben. Elsa hört schon längst nicht mehr zu. Am schlimmsten ist der näselnde Klang seiner Stimme. Sie strotzt vor Überlegenheit. Nie gehörte Worte geistern durch die Halle – von ›Angsambl‹ ist die Rede und vom ›Portepee‹. Elsa hat plötzlich den Eindruck, als ›blicke‹ diese besserwisserische Stimme auf die Schüler herab. Sie würde sich am liebsten die Ohren zuhalten, sie starrt auf die Maserung der Bodenplatten. Das Ende des Appells bekommt sie kaum mit, sie merkt nur an dem allgemeinen Gemurmel, dass der Spuk vorbei ist. Sanft berührt Pauli ihre Schulter, als müsse er sie wecken.

Die Schüler trollen sich grummelnd, gefolgt von ihren Lehrern, in die Klassenräume. Hausmeister Kalinka geht über den Hof und versucht mit seiner Katze im Arm die Vögel zu verscheuchen.

Die Neue kommt als Letzte in die Klasse, sie bleibt neben Frau Kortländer stehen. Die Lehrerin entrollt eine Schautafel: *Deutsche Thierwelt zur Eiszeit* und sagt dabei halblaut, mit dem Rücken zur Klasse: »Jetzt habt ihr's gehört, merkt es euch!«, dann wendet sie sich um und lächelt. »Saskia kommt aus England, und wir freuen uns, dass sie jetzt bei uns ist. Bitte, Saskia.«

»Mein Name ist Saskia Rigby from Devon – in England. Mein Vater steht jetzt hier in Underwossen«, sagt sie und errötet ein wenig. Sie schreibt ihren Namen an die Tafel und setzt sich auf den einzigen freien Platz, neben Elsa.

»Du sprichst deutsch, ja?«

»So lala. Meine Mutter stammt aus Deutschland.«

»Ich bin Elsa.« Und nach einer kleinen Pause: »Ich komme aus Dresden. An der Elbe.«

Der ertrunkene See

»Tagtäglich schiebt und schüttet die Ache« – wie aus weiter Ferne dringen heute die Worte Kapustes an Elsas Ohr. Ihr Blick ist abgeschweift in das zitternde Lichtspiel der Birken: Zwei Eichhörnchen schlingen sich als rostrote Girlanden um Äste und Zweige, kaum entrollt schon verschwunden – »Tonnen und Abertonnen von Geröll …«

Mit quietschender Kreide zeichnet Kapuste den Verlauf der Tiroler Ache bis zum Chiemsee auf die Tafel, dann lässt er den Fluss »drüben bei Seebruck« wieder aus dem See treten. »Ab hier heißt unsere Ache jetzt Alz und ist behäbig wie ein Karpfen.« Wie zum Beweis deutet Kapuste, während seine

Rechte zeichnet, mit der Linken aus dem Fenster, als müsse er die Klasse an die Existenz der ungestümen Ache »da drunten« erinnern. »Man darf sich natürlich fragen, ob das noch derselbe Fluss ist, nachdem er durch den ganzen Chiemsee geschwommen und gepuffert worden ist«, sagt er zur Tafel gewendet mehr zu sich selbst als zur Klasse.

»›Gepuffert‹ – was meint das?«, will Saskia von Elsa wissen.

»Was? Ach so, keine Ahnung.«

»Weißt du, wie Mr. Kapusty aussieht? – Wie Darwin!«

»Wie wer?«

»Charles Darwin, der Naturalist. Nur ohne Bart!«

Über dem Hochjoch steigt eine blütenweiße Wolke wie gemalter Pulverdampf auf. Ein Windstoß fegt durch eine große Pfütze und riffelt das Spiegelbild einer Marmorstatue. Elsa fröstelt, die Eichhörnchen schrauben sich am Stamm einer Platane in die Tiefe. »Drei Kubikmeter Geröll pro Tag, seit ewigen Zeiten, drei! Stellt euch das mal vor!« Er schreibt $3 \, m^3 \, ! / pro \, Tag$ in den Umriss des Chiemsees.

Im Seitenspiegel eines geparkten Motorrads fängt sich ein Lichtstrahl und streift Elsa, die nur leicht den Kopf neigt, um für Augenblicke in den flackernden Blitz einzutauchen. Gleißend hell war das Licht auf der Elbe gewesen, als ihr Vater an einem Tag im April mit ihr in raschem Schritt über die Georgi-Dimitroff-Brücke gegangen war. Er sprach kein Wort, doch Elsa ahnte, dass etwas Schlimmes passiert war, als er sie mitten im Unterricht abgeholt hatte. »In die Klinik?« Als sie fast schon am Ende der Brücke waren, sagte er leise: »Ja, zum letzten Mal. Mutter kommt nach Hause.« Seine Stimme klang nicht froh.

»Sodass der Chiemsee eines fernen Tages von dem Geröll der Ache zugeschüttet sein wird. Schluss, aus! Eine simple Rechenaufgabe. Wir wissen ja, wie tief der Chiemsee ist, kennen ungefähr seinen Rauminhalt, also –? Wann, glaubt ihr, wird das sein – Elsa?!«

Elsa fährt auf: »Aber der Chiemsee, oder ich mein', die Ache kann doch nicht ertrinken.« Die Klasse lacht, und fast ein wenig feierlich verkündet Kapuste: »In circa fünftausend Jahren ist es so weit!« Die Glocke. Elsa ist erlöst. Walter Kohlrausch sammelt die Hefte ein.

Himmelsrichtungen

In der großen Pause quetscht der schweigsame
Franz eine Mandarine aus dem dünnen Papier.
Bunt und zerknüllt liegt es auf den ledrigen Plata-
nenblättern. Elsa starrt darauf: Tigerpranken! Sie
hebt es schnell auf und faltet es auseinander. Sie
geniert sich ein wenig.

»Der Ätna!«, hört sie eine vertraute Stimme hinter sich. Ein Schatten bedeckt das durchscheinende
Papier. Wie ertappt, dreht sich Elsa um: Kapuste.
Tief sitzende, granitgraue Augen, buschige Augen-
brauen, kerzengerade Haltung, altmodische Klei-
dung, Gamaschen, hochgeknöpfte Weste, silberne
Uhrkette.

Kapustes Augen leuchten, Elsa streicht das Papier glatt.

»Du erlaubst?« Herr Kapuste setzt seine Brille auf, er greift mit beiden Händen vorsichtig nach dem Papier und hält es gegen die Sonne, als suche er ein verborgenes Zeichen. Der Ätna glüht in allen Farben. Saskia beobachtet die beiden aus der Ferne.

»Wie gut, dass es nicht im Papierkorb gelandet ist! Aus Catania drunten! Ausgerechnet Catania, die herrliche schwarze Stadt. Und nun, Elsa?«

»Waren Sie schon einmal auf dem Ätna?«

»Aber ja, das heißt, fast! Mit der Circumetnea sind wir hinaufgefahren«, er spricht das Wort so überdeutlich aus, als hätte er die Stimme des Schaffners noch im Ohr, der den lateinischen Namen italienisch ausgerufen hatte.

»Círcum-et-néa! Dann war Schluss: Linguaglossa, Endstation. Der Berg hat gegrollt, also sind wir zu Fuß weitergewandert« – er zeichnet mit beiden Armen den Ätna und mit einer flinken Handbewegung die aufsteigende Spirale der Bergbahn nach, während das Papier wie ein Fähnchen auf- und niederflattert.

»Kann man in den Krater hineinschauen?«

»*Den* Krater?! Wo denkst du hin? Das ist ein Labyrinth von rauchenden Höhlen und Schründen. Das ist kein« – er kneift die Augen zusammen, »das ist«, er stockt, »ein eigener Kontinent ist der Berg. Mit Sizilien im Schlepptau. Und diese langen Serpentinen bis Linguaglossa, das muss im siebenundzwanziger Jahr gewesen sein.« Herr Kapuste hatte die Angewohnheit, das war Elsa gleich in den ersten Stunden aufgefallen, immer nur das Jahr und nicht das Jahrhundert zu nennen, die Jahreszahl wirkte dadurch persönlicher, privater, sie bekam eine eigenartige Farbe. Wie er auch regelmäßig statt der vier Himmelsrichtungen, unterstützt von ausladenden Armbewegungen, »Hammerfest droben, Peking hinten, Pappenheim herüben, Washington drüben, Ägypten drunten, Rosenheim draußen« sagte.

»Die Stadt hat den höchsten Bahnhof Siziliens, war im Krieg schwer umkämpft. Der Bahnhof von Taormina hingegen ist der tiefste und schönste, eigens für die Kaiserin Elisabeth angelegt, zarte schmiedeeiserne Bögen, gleich über der Bucht der Nausicaa, entschuldige, der Flecken heißt eigentlich Lingua grossa, dicke Zunge, wegen der Lavaströme und« – Elsa unterbricht ihn: »Sammeln Sie auch?« Kapuste überhört es – »vermutlich ein amtlicher Schreibfehler, andererseits *glossa*« – die Pausenglocke schellt zum zweiten Mal – »ist ja nicht ganz falsch. Mit so einer Zunge hat der Ätna einmal die halbe Stadt weggeputzt!«

»Hat der Berg gequalmt?«

»Schwach, aber sehr malerisch.«

Von der Treppe her winkt Saskia heftig zu Elsa herüber und verschwindet dann rasch im Schloss.

»Wir müssen«, sagt Elsa.

Herr Kapuste hört sie nicht, er blickt zum Hochjoch hinauf, als könne er dort den Ätna sehen.

»Wir müssen«, sagt Elsa noch einmal.

Kapuste gibt Elsa das Papier zurück und geht neben dem hinkenden Mädchen die Treppe zum Eingang hoch.

»Jetzt aber zurück in die Klasse! Herr Rugenstein wird – «

Elsa verschwindet auf der Mädchentoilette, doch ehe sie die Tür schließt, sieht sie Ladiges rasch auf Kapuste zugehen.

»Herr Kollege!«, knurrt er, »bei allem Respekt und Dank für Ihre prompte Hilfe heute Morgen – ich weiß mir schon selbst zu helfen! Sie hatten Pausenaufsicht, und ich sehe Sie mit diesem Gör herumtrödeln und Zeit raspeln und Papierchen in die Luft halten. Sie machen sich zum Gespött der Schule!«

Kapuste blickt den leicht verschwitzten Ladiges unverwandt an. Er ist fast einen Kopf größer als sein Vorgesetzter, schließlich beugt er sich langsam zu ihm herab, als wolle er ihm etwas Vertrauliches sagen. Ladiges weicht zurück.

»Sie haben eine Fahne, Herr Kollege«, sagt Kapuste und lässt Ladiges stehen.

Elsa späht durch den Türspalt, dann schließt sie schnell die quietschende Tür. Ladiges tritt vor die Mädchentoilette, blickt sich flüchtig in der Halle um. »Komm sofort da raus!«

Süßliche Schwaden eines Reinigungsmittels dringen nach draußen, als sie die Tür öffnet. An Ladiges' doppelreihigem Jackett baumelt lose ein Knopf. Elsas Blick wandert über die geschwungenen Marmorrauten des Bodens. Die dunkel geäderten Platten stürzen mit den hellen um die Wette und fallen wie ein Kartenhaus zusammen, um im selben Augenblick wieder aufzustehen.

»Das Papier!«

»Es ist doch bloß eine Verpackung.«

»Es ist Abfall, Schmutz, her damit!«

Sie gibt ihm das Ätnabildchen. Seine Hände zittern. Elsa entfernt sich.

Ladiges steht vor dem mannshohen, seit Jahren erkalteten Kamin und zündet das Papier an: Der Ätna zerstiebt zu einem hauchdünnen Gespinst und verglüht auf dem rußigen Stein.

Noch einmal greift Ladiges' Stimme nach ihr: »Du bist neu hier. Kommst du nicht aus der Zone?«

»Nö, aus Dresden.«

»Wie heißt du gleich?«

»Das wissen Sie doch – Wyborny.«

»Ach ja, richtig. Bleib gefälligst stehen, wenn ich mit dir rede!«

Vor der Tür zum Klassenzimmer dreht Elsa sich um und verbeugt sich vor einem unsichtbaren vor ihr stehenden Wesen: »Sie haben eine Fahne, Herr Kollege.« Sie macht auf dem Absatz kehrt und schlüpft durch die Tür. »Fred the frog is in the well«, schwappt Herrn Rugensteins Stimme in die Halle, ihm antwortet gedämpft durch die schon wieder geschlossene Tür der lachende Chor der Klasse: »If you want him, pull the bell!«

Ladiges will ihr hinterher, Co-Direktor Däschlein kommt die Treppe herab. Mit einer abrupten Drehung stoppt Ladiges und versucht eine betont lässige Haltung einzunehmen. Auf der Stelle wird er von einem Hexenschuss niedergestreckt, wie gelähmt lehnt er sich gegen eine Marmorsäule. Däschlein kommt ihm zu Hilfe, stützt den Widerstrebenden – Ladiges hasst es, wie der Kollege weiß, angefasst zu werden. Ob er eine Trage – ? Unwirsch winkt Ladiges ab: »Bloß kein Aufsehen! Und reden

Sie nicht so laut! Die Kerle warten doch nur –«

»Aber wollen Sie denn hier allein herum – ich meine stehen? So setzen Sie sich doch, bitte.«

Ächzend sinkt Ladiges auf den nächstbesten Stuhl.

Frau Sikora

In ihr Englischbuch hat Elsa am Abend ein Orangenpapier gelegt. Hin und wieder schlägt sie es ver-
stohlen auf: eine rotgewandete Frauengestalt, eine
Lyra in der Rechten, in der Linken einen Zweig voller Zitronen. Wie Christus steht sie auf dem Nord-
pol einer angedeuteten Weltkugel. Ihr Kleid ist an
den Beinen geschlitzt, während um ihre Hüfte ein
gelber Rückenumhang weht. Das Gesicht erinnert
Elsa an Frau Sikora.

»Frau Sikora kommt aus Schlesien, musst du
wissen«, hatte ihre Mutter gesagt, als Elsa sie gefragt
hatte, woher diese Frau so schön singen könne.
Ihre Stimme übertraf alle anderen im Chor, mühe-

los überstrahlte ihr Sopran die zaghaften Frauen-
stimmen. Ob sie wie die Lyrafrau ein Instrument
spielte? Harmonium vielleicht? Die Farbe des
Gewandes und die rotgefärbten Säume ihres Um-
hangs waren ein untrüglicher Hinweis auf das Feu-
er, das in dem Namen über ihrem Kopf aufleuch-
tete: ATLAS BRAND. Das Schönste aber waren
die Flammenbuchstaben zu ihren Füßen GUTTA-
DAURO PALERMO – ITALY. Wie konnte es sein,
dass Frau Sikora aus Schlesien in Palermo, »in Palermo drunten«, würde Kapuste sagen, so bekannt
war und verehrt wurde? War es vielleicht doch ein
italienischer und kein schlesischer Name? Sizilien
musste ein wunderbares Land sein.

Versunken in den Anblick der lyraspielenden Frau
Sikora, bemerkt Elsa nicht, dass es im Raum mucks-
mäuschenstill geworden ist, als Herr Rugenstein vor
Elsas Bank tritt und, den Zeigefinger am Mund, die
Klasse beschwichtigt. »Elsa, please!«, wispert Saskia
und zwickt das Knie ihrer Nachbarin. Elsa blickt
auf und ist ein wenig verdutzt, ihren Englischlehrer
so nah vor sich zu sehen.

»Sie ist Frau Sikora wie aus dem Gesicht ge-
schnitten, Herr Professor«, sagt sie und deutet auf
die Figur.

Herr Rugenstein nimmt das Orangenpapier: »Frau Sikora, sagst du? Wohnt sie denn hier im Ort?«

»Oh, was bin ich für ein Dussel! – Frau Sikora singt ja mit meiner Mutter in Dresden im Kirchenchor!«

»Ich verstehe. Tu das Bild wieder weg. – Also gut. Ihr kennt alle die Geschichte vom Rattenfänger von Hameln. Die hat auch den Dichter Browning umgetrieben. Und er hat zu dem bekannten Schluss, dass – ja, Herbert?« – »Dass die Kinder im Gänsemarsch hinter seiner Flöte herziehen und im Berg verschwinden, auf Nimmerwiedersehn.« – »So ist es, danke, Herbert. Das mit dem Gänsemarsch war mir neu, auch schön. Browning hat einen zweiten Schluss hinzugefügt. Und den werde ich euch jetzt diktieren.« Er holt ein schmales Buch aus seiner Tasche.

And the Piper advanced and the children followed
And when all were in to the very last,
The door in the mountain-side shut fast.
Did I say, all? No! One was lame,
And could not dance the whole of the way;

Saskia kann das Gedicht auswendig und murmelt, dem Diktat immer um ein, zwei Worte voraus, die Verse mit. Elsa sieht Saskias Augen feucht werden.

And in after years, if you would blame
His sadness, he was used to say, –
›It's dull in our town since my playmates left!‹

Herr Rugenstein verlangsamt das Diktat, ohne es
abzubrechen. Er blickt zu den beiden Mädchen,
noch scheint niemand außer ihm und Elsa etwas
bemerkt zu haben.

»Was hast du?«, flüstert Elsa.

»Ich bin heimweh«, flüstert Saskia.

»Das tut mir leid.«

›I can't forget that I'm bereft
Of all the pleasant sights they see,
Which the Piper also promised me;
For he led us, he said, to a joyous land
Joining the town and just at hand,
Where waters gushed and fruit trees grew
And flowers put forth a fairer hue, –

Die Schulglocke läutet.

»Schluss für heute. Walter sammelt die Hefte
ein.«

»And everything was strange and new« – skandiert Saskia und schreibt es schnell noch ins Heft.
Herr Rugenstein blättert noch einen Augenblick in

dem Gedichtband. Die Klasse drängt laut hinaus –
Sport!

Herr Rugenstein geht auf die beiden Mädchen
zu, die unschlüssig in ihrer Bank sitzen. Saskia ist
unsicher, ob sie teilnehmen soll, sie hat ihre Turn-
sachen vergessen.

»Und du, was machst du in der Zwischenzeit, Elsa?«
　　»Ich geh' in die Bibliothek.«
　　»Hast du etwas bestellt?«
　　»Robinson Kruse.«
　　»Da hast du ja was vor.«

»Hast du mehr von diesen fruit-wrappers?«
　　Elsa versteht nicht gleich.
　　»Sammelst du die papers?«
　　»Ja, zu Hause. Willst du sie sehen?«
　　»Gern.«
　　»Heute? Nach der Schule?«
　　»Oh ja! Deine Mutter hat nichts dagegen?«
　　Elsa zögert. »Nein. – Mein Vater ist noch auf Ar-
beit. – In der Druckerei.«
　　»Ich will noch in die Topferei. Mein Onkel Har-
ry hat eine pottery in Devon. Wir sehen uns bei
Fraulein Ferro.«

Robinsonaden

Elsa klopft an die Bibliothekstür, als niemand antwortet, tritt sie ein. Herr Kapuste sitzt an dem langen Bibliothekstisch, in ein Buch versunken. Er scheint sie nicht gehört zu haben.

Aus diesem runden Turmzimmer – es liegt über dem des Direktors – geht der Blick durch ein großes Fenster nach Norden auf eine Böschung, hinüber zum Musikpavillon. Von einer Ligusterhecke eingefasst, scheint das weiße Achteck über dem Hang zu schweben.

In der vorletzten Woche war Elsa in einer freien Stunde allein zum Pavillon hinaufgegangen, die

Tür war nur angelehnt, drinnen spielte jemand auf dem Flügel. Sie blieb ein Weilchen stehen und lauschte, dann schob sie die Tür sachte auf. »Komm ruhig rein«, hörte sie Herrn Weiß durch die Töne hindurch sagen, als würde er kurz aus einem tiefen Wasser auftauchen, um sogleich wieder in den Strudeln zu verschwinden, »setz dich.« Im Zimmer roch es nach Bohnerwachs. Der große Flügel war – und mit einem Mal verstand sie das Wort – klaffend weit geöffnet, der Raum vibrierte unter dem Instrument. Die Musik wurde ruhiger, inniger, als würde sie ihrem eigenen Verklingen nachhorchen. Elsa musste an Blätter denken, die wie unentschlossen zur Erde segeln, wenn der Wind sich schon gelegt hat. Herr Weiß spielte und spielte – er hatte keine Noten vor sich, er blickte in eine unbestimmte Ferne, sie sah, wie er die Augen schloss und seinem eigenen Spiel zuhörte, dann wie absichtslos auf seine aus- und übereinander greifenden Hände blickte, doch schien er nichts von dem aufzunehmen, was in seinem Blickfeld lag – er spielte in einem fort. Es war ein durchsichtiges Geflecht von zusammenfließenden und rasch auseinanderstrebenden Linien: Töne, die von tief unten heraufstiegen, als wollten sie die anderen, die sich in klirrender Höhe zu verlieren schienen,

einholen, um sie schließlich durch einen beharr-
lich durchgehaltenen Rhythmus zu wuchtigen Ak-
korden zu bündeln. Elsa klammerte sich an ihren
Stuhl, als fürchtete sie, von der jetzt unaufhaltsam
verebbenden Musik in ein leuchtendes Meer ge-
lockt zu werden. Und doch hoffte sie, dass dieser
unwirklich lange Augenblick nie vergehen würde,
sie wollte festhalten, was sie noch nie zuvor gehört
und wofür sie keine Worte hatte, sie wollte es um
jeden Preis behalten, es war ja etwas ganz anderes
als das asthmatische Orgelgebraus in der Kirche,
das laute Blasorchester oder die Radiomusik.

»Ah, da bist du ja!« Kapuste blickt von seiner Lek-
türe auf und deutet auf einen leeren Stuhl. Aus einem Blechzylinder zieht er einen schmalen, spitz
zugeschnittenen Papierstreifen – »ein Merkerchen«, sagt er – und legt ihn in den Falz des auf-
geschlagenen Buches. »Warum Robinson Crusoe?«
    »Meine Tante hat ihn mir einmal vorgelesen. Zu
Hause.«
    »Wann war das?«
    »Och, das ist lange her. Damals wollte ich zu den
Jungpionieren. Die hatten so schaue Klamotten.
Aber mein Vater hat nein gesagt.«
    »Wegen der Kleidung?«

»Vielleicht.«

»Und sie hat dir beide Bände vorgelesen?«

Sie blickt ein Weilchen in die Luft, denkt nach. Es war nur ein Band gewesen, er war dünner und nicht grün. Irgendwo im Haus klingelt ein Telefon, eine Schreibmaschine klappert, dann, wie in Watte, eine lachende Frauenstimme.

Feldspat, Quarz und Glimmer

Saskia steht auf der Schwelle zur Töpferei. Sie muss sich einen Augenblick an das Licht im Werkraum gewöhnen. Das einzige Fenster am anderen Ende des Raums ist verschmutzt. Die Schüler sitzen an einem langen Tisch und drehen Tonwülste. Sie beschmieren ihre Hände mit Schlick, klauben eine Handvoll Ton aus einem Bottich und kneten das Ganze zu einer formbaren Masse. Frau Brachvogl geht die Reihe entlang, fährt mit ihren großen, klammen Händen über die kleinen Schülerhände und rollt den darunterliegenden Ton zu ansehnlichen Würsten. »Red-und-Kniebistechnik!«, sagt sie, während sie die Hände ihrer kleinen Töpfer walkt.

»Grüß Gott! erst einmal. Komm ruhig herein, Fräulein«, sagt sie flüchtig zu Saskia gewandt, die noch in der offenen Tür steht.

»Hello! Ich wollte nur – «

»Das kannst du gern, aber mach die Tür hinter dir zu!«

Saskia blickt sich um. Die Töpferscheibe thront unberührt im Raum, während die Schüler am Tisch mit grimmigem Eifer den Anweisungen folgen.

Feldspat, Quarz und Glimmer, das vergess' ich nimmer! steht in gelber Kreide auf einer verschmierten Tafel.

Die staubigen Hängeleuchten werfen ihr Licht auf die Köpfe an dem riesigen Tisch.

»Red-und-Kniebistechnik!«, skandiert Frau Brachvogl, »damit fängt alles an.«

Alle mühen sich, die einzelnen Wülste zu Töpfen und Vasen aufzubauen, doch das schiefe Gefäß verliert schnell die Form, und die Lehrerin oder der ungeschickte Töpfer selbst hauen das missratene Werk zu Klump und vermanschen es mit Schlick, aus dem dann neue Würstchen und Wülste hervorquellen. Ein ewiger Verschleiß.

Die Lehrerin unterbricht ihre Arbeit, geht zu einer großen Spüle, schrubbt ihre Hände unter kaltem Wasser mit Kernseife und trocknet sie ab, bis sie rot werden.

»Wollen wir uns vielleicht einmal vorstellen?« Mit ihren eiskalten Händen umfasst sie Saskias zögernd ausgestreckte Rechte.

»Oh, ich mochte nicht storen. Ich bin neu hier, bei Mr. Kapusty. Ich bin Saskia Rigby aus Stockleigh English in Devon, wo die pottery, mein Onkel, Harold Rigby – «

»Holla! Stockleigh English! Hoher Besuch!«

»Gehen Sie denn nich an die pottery's wheel? Die ist doch das Schönste.«

»Die Töpferscheibe ist heilig! Bis dahin ist es noch ein langer Weg!«

»Ich sehe.« Saskia blickt auf ihre Uhr. »Entschuldigen Sie, ich habe ganz vergessen – sorry, ich muss!«

Sie entwindet ihre Hand dem Griff der Töpferlehrerin und eilt aus dem Raum.

Sie tritt ins Freie und atmet auf, die Helligkeit blendet sie. Sie fröstelt. Sie ist noch benommen von dem dunklen Raum hinter ihr und den klammen Händen der großen Frau.

Ein Pfiff schwirrt über den Hof.

Am anderen Ende des Schlosshofes sitzt Pauli

zusammen mit dem schweigsamen Franz, einem Internen, auf der Rundbank unter der großen Platane. Sie sind beim Waldlauf ausgeschert und haben sich, wie Pauli sagt, »zufällig verlaufen«.

»Wird euch niemand missen?«

»Nein«, sagt Pauli, »der Gramlich denkt nur an seine Freizeit. – Die letzte Stunde fällt aus. Fräulein Ferro hat Migräne, hat Hufnagl gesagt.«

»Das tut mir leid. Ich sag' es Elsa.«

»Fräulein Ferro«, sagt Franz und spannt seine Zwille, »geht nach Lima!« Der Stein knallt gegen ein ramponiertes Verkehrsschild: *Schrittgeschwindigkeit! 5 km/h.*

Pauli springt auf. »Du lügst! Das glaub' ich nicht!«

»Sie hat es uns gestern gesagt, in der Arbeitsstunde. Ganz brutal. Benni hat fast geheult.«

»So eine Gemeinheit! Was will sie denn in Lima?! Ich wette, es ist wegen Hufnagl?«

Saskia blickt Pauli verwundert an. »Warum regst du dich so auf?«

»Weil, weil – ich reg mich doch gar nicht auf!«

»Weil er verknallt ist!«, sagt Franz.

»Verknallt – was meint das?«

»Oh, du stellst Fragen, Saskia!«, stöhnt Pauli. »Und wann?«

»Gleich nach den Weihnachtsferien, hat sie gesagt.«
Franz schleudert noch einen Stein gegen das Schild.

»Darf ich?«

Etwas ungläubig gibt Franz Saskia die Zwille. Sie spannt und zielt: »Du schießt nicht birds?«

Franz wird rot.

»Versprochen?«

Franz ziert sich. »O. K., versprochen.«

»Pauli, du bist Zeuge«, und sirrend prallt ihr Stein gegen das Schild. Krächzend fliegt eine Elster auf.

»Fräulein Ferro geht nach Lima, ich glaub's nicht«, murmelt Pauli.

Ein Zeitvertreib

»Jetzt fällt es mir wieder ein. Als Robinson allein auf der Insel krank wird und Fieber hat, hat er einen schrecklichen Traum. Er glaubt, dass er stirbt. Und dann raucht er Tabak und trinkt den Rum, in den er den Tabak eingeweicht hatte. Er wird ohnmächtig, nein, er schläft ein. Und jeder denkt, dass er sterben wird. Als er dann aufwacht, ist er gesund. Aber er hat so lange geschlafen, dass er einen ganzen Tag in seinem Leben verloren hat. Er hat ja gleich nach seiner Rettung einen Kalender gemacht.«

Kapuste nickt. »Das ist ein Albtraum, aus dem er erst nach vielen Jahren erwacht, nämlich als er merkt, dass er sich verrechnet hat. Er hat immer an einem anderen Tag gelebt, als er glaubte. – Das ist etwa so, als wenn Schlag zwölf in der Silvesternacht das alte Jahr von Neuem anfangen würde!«

»Aber wie soll das denn gehen?!«

»Im Traum! Im Traum geht alles. Und im Roman!« Kapuste schiebt ihr das aufgeschlagene Buch über den Tisch.

»Kannst du dich daran erinnern?« Er deutet auf eine Seite, die in zwei Kolumnen geteilt ist. Elsa überfliegt die Stelle: »*Böses* – Ich bin auf eine scheußliche einsame Insel verschlagen worden, ohne alle Hoffnung auf Rettung. *Gutes* – Aber ich lebe und bin nicht ertrunken wie die übrige Mannschaft meines Schiffs.‹ – Nein, das hab ich vergessen.«

»Robinson will mit einer Tabelle herausfinden, wie es um ihn steht. Mit einer Tabelle will er der Vorsehung auf die Schliche kommen. Wie ein Buchhalter! Verrückt, nicht wahr?« Kapuste legt ein Merkerchen in das Buch und klappt es zu.

»Ihre Hausaufgabe – das Rätsel von dem Lumpen, der auszog –?«

»Das ist keine Hausaufgabe.«

»Nein?«

»Es ist ein Zeitvertreib.«

»Dann können Sie's mir ja sagen. Ich hab es nicht lösen können. Mein Vater auch nicht.«

»Wo denkst du hin! Du bist nahe dran«, sagt Kapuste und reicht ihr ein Papier, auf dem die Bücher aufgelistet sind, die kürzlich für die Bibliothek angeschafft wurden.

»Das Ich in dem Rätsel muss man sich nicht unbedingt als ein lebendiges Wesen vorstellen, und die Lumpen, naja –«

Elsa runzelt die Stirn. Auf dem Kiesweg sind Schritte zu hören. Fast gleichzeitig blicken Elsa und Kapuste aus dem offenen Fenster. Drüben geht Herr Weiß zum Pavillon hinauf. Er bleibt stehen, als suche er etwas. Er blickt zum Schloss herüber, zündet sich eine Zigarette an, stößt langsam den Rauch aus und legt das verkohlte Streichholz zurück ins Schächtelchen.

»Spielst du ein Instrument?«

»Ich habe mit Klavier angefangen. Zu Hause, ich meine drüben.«

»Und jetzt?«

»Meine Mutter –«, sie stockt, »sie wollte, dass ich weitermache. Ich habe hier wieder angefangen, aber dann ist Fräulein Knehr leider weggezogen.« Sie steht schon auf der Schwelle, als Kapuste fragt:

»Schmerzt es? Muss die Hüfte wieder untersucht werden?«

»Nicht arg. Auf Wiedersehn.«

»Auf Wiedersehn, Elsa. Grüß deinen Vater von mir. Er wollte mal vorbeikommen. Ich würde mich freuen.«

Erste Hilfe

Elsa zeigt Saskia ihren Schulweg, den Schleichweg.
Sie erklärt ihr die Landschaft: die Ache, den Hochgern, den Geigelstein und den fernen Chiemsee.

»Den Weg kennt außer mir nur Pauli«, sagt sie,
als sie die Wiese am Hang durchqueren und in den
Schatten der großen Scheune treten.

»Und wo gehen die andern?«

»Auf der Straße unten, am Fluss. Dort ist es laut,
die Autos stinken – und immer rennen sie.«

»Meine Ma bringt mich mit dem Auto aus Underwossen. Zurück fahre ich mit dem Bus.«

»Unter-wös-sen, sag mal ›wö‹!«

Saskia geht auf die großen Geißen zu und macht

meckernd »Hö-hö-hö!«, sie krault ein Tier zwischen den Hörnern.

»Du traust dich aber was, die sind launisch, pass auf!«

Von Saskias Unbeschwertheit ermuntert, greift sie einem Geißbock zwischen die Hörner. Sie erschrickt, als er unwirsch den Kopf schüttelt, sie stolpert und stürzt. Ihr Knie blutet. Saskia ist bei ihr und hilft ihr auf die Beine. Sie sieht sich auf dem morastigen Weg um, der über den Bauernhof führt.

»Bist du gegen Tetanus?«

»Geimpft? Ja – bei uns wurden alle geimpft, das war Pflicht.«

»Bei uns?«

»Na, zu Hause, in Dresden. – Kennst du dich damit aus?«

»Meine Ma ist physician.« Sie geht mit Elsa zu einem Wasserhahn am Gemüsegarten und rollt ihren Kniestrumpf herunter. »Water, only water.« Sie verteilt das Rinnsal über Elsas Knie und verbindet die Wunde mit einem Taschentuch.

»Ach so, ein Arzt. – Meine Mutter war Zeichenlehrerin«, sagt sie, als Saskia das Wasser abstellt. »Sie ist vor einem Jahr gestorben. In Dresden.«

»Oh nein, how awful! Ich habe noch nie einen Menschen sterben gesehen.«

»Sie war daheim, als sie gestorben ist. Vorher lange in der Klinik. Meistens sind wir mit dem Bus hingefahren. Dieser Geruch auf dem Flur! Kampfer! Sie hat mich kaum mehr erkannt, sie hat mir aber zugewunken. Mein Vater wollte, dass ich aus dem Zimmer gehe, aber ich wollte bleiben und habe am Bett gesessen, und wir haben ihre Hand gehalten. Mein Vater hat ihre und meine Hand gehalten. Ich habe sehr geweint.«

»Elsa!« Saskia hat Tränen in den Augen.

Langsam gehen sie den Knüppelweg hinunter. Saskia trägt Elsas Tasche.

Ein Spitz kläfft, als sie vor einem kleinen Haus mit Jägerzaun kurz stehen bleiben.

»Tut es weh?«

»Das Knie? – Es geht.«

»Und das Grab?«

»In Dresden. Hinter der Grenze.«

»Ist das weit?«

»Ja, sehr.«

»Kannst du da hin?«

»Vielleicht nächstes Jahr.«

DIE FAHRTEN DES steht in roten Buchstaben auf der Leuchttafel der *Alpenlichtspiele.*

Ein Mann steht mit einer Handvoll Buchstaben auf der Leiter.

»Was läuft ab morgen?«

»*Die Fahrten des Odysseus*. Mit Kirk Douglas. Bärenstark!«

Saskia steht vor dem offenen Schaukasten und deutet auf das Foto einer Frau in einem weiten hellblauen Gewand, die neben dem gestrandeten Odysseus kniet: »Rossana Podestà als Nausicaa«, liest sie.

Elsa nimmt das Standfoto in die Hand. »Ist die schön! Sagenhaft!«

»Pfoten weg!«, kommt es von der Leiter.

Sie gehen über die Achenbrücke.

»Und jetzt lebst du mit deine Vater? Und deine Bruder und Schwester?«

»Geschwister hab ich keine. – Und du?«

»Wir sind fünf. Drei Mädchen und zwei Junge. Ich bin die Jüngste.«

»Das stell ich mir doll vor! Fünf! Wenn ich – «

Ein Traktor mit einer schweren Ladung Holz kommt plötzlich um die Kurve und rollt über die Brücke. Die beiden Mädchen drehen sich weg, Elsa hält sich die Nase zu. Sie warten, bis der Lärm abgeklungen ist. Der harzige Duft der Bäume vermischt sich mit dem süßlichen Dieselgestank.

»Wie hat sie dich gerufen? – Elsie?«

»Nein, Elschen – und manchmal Elfe.«

»Oh, das ist wie in English, Elf! – Und dein Vater?«

»Nur Elsa. – Und du?«

Saskia zögert einen Augenblick. »Little Sphinx.«
Sie lacht.

»Little Sphinx? Wegen deiner Haare, ich meine
deiner Frisur?«

Saskia lacht. »Nein, als ich klein war, hat meine
Ma mich so gerufen, weil ich mich nie entscheiden
konnte, sagt sie.«

»Entscheiden?«

»Zwischen entweder oder.«

»Das ist ja auch schwer.«

»Eben.«

»›Amerikaner‹? Warum ›Amerikaner‹?« Vor der
Auslage der Konditorei Lämmermann deutet Saskia auf das Gebäck.

»Keine Ahnung, vielleicht haben die Amis das
mitgebracht? Es gibt ja auch Franzosen, die keine
Franzosen sind.«

»Wie bitte?«

»Das sind so Zangen, glaub' ich, verstellbar« –
sie ahmt mit Daumen und Zeigefinger die Mecha-
nik nach.

»Aber warum ›Franzosen‹?«

Sie gehen ein kurzes Stück am Fluss entlang, dann führt ein Trampelpfad durch eine Wiese bis zu einer roh asphaltierten Straße. An den Rändern sind Erde, Sand, Zementsäcke und Ziegelsteine aufgehäuft, eine Dampfwalze und zwei Mörtelmischmaschinen stehen vor einem eingerüsteten Siedlungsbau. Teergeruch liegt in der Luft.

»Wir sind gleich da.« Elsa holt unter ihrer Bluse einen Schlüssel hervor.

In der Küche ist es kühl. Die Katze springt auf den Tisch, Saskia krault sie am Schädel. Die Katze schnurrt. Elsa scheucht sie herunter. Der Tisch ist für eine Person gedeckt, neben dem Teller ein Zettel: »Liebe Elsa, auf dem Gasherd ist Nudelsuppe. Hol bitte die Wäsche ab und kauf noch etwas altbackenes Brot, Maggi und Linsen. Frau Sikora hat aus dem Erzgebirge geschrieben. Sie lässt dich herzlich grüßen. Du wirst die Karte nicht entziffern können. Mimi hat gefressen. Bin um 7 zu Hause. Vati.«

Aus einem Erste-Hilfe-Kasten holt Elsa ein Fläschchen Jod und Hansaplast. Aus einer Pipette träufelt Saskia die Tinktur auf die Wunde. Scharf zieht Elsa die Luft ein, rotviolette Äderchen sprenkeln ihr Knie.

»Hab ich ein' Kohldampf! Und du?«

»Schon, aber ich möchte lieber deine Orange-papers sehen. Ich kann ja zu Hause rufen, dass ich ein bisschen später komme.«

»Wir haben kein Telefon.«

»Ist nicht schlimm. Ich nehme den Bus um halb nach zwei.«

Elsa schneidet zwei Scheiben Früchtebrot ab und beschmiert sie mit Margarine.

Sie schaltet das Radio an. Es dauert eine Weile, bis das magische Auge grün aufleuchtet und sich zu einem engen Spalt verengt, sie wechselt von UKW zur Mittelwelle und fährt die Senderskala entlang. Quäkend schnellen die Amplituden der Sprach- und Musikfetzen in die Höhe. »*Soeben verklang …*«, schon hat sie den AFN gefunden: »*And now, once again, Don Gibson with ›Blue, blue day‹*«, kündigt eine tiefe Stimme an.

»Den Song kenn' ich!« Saskia nimmt einen Kochlöffel als Mikrophon, sie ahmt den texanischen Akzent des Ansagers nach und singt: »It's been a blue, blue day, I feel like running away, I feel like running away, from it all …« Elsa applaudiert.

In Elsas Zimmer hängen zwei kleine Fotos an der Wand, das eine zeigt eine junge Frau allein, das andere Elsa mit derselben Frau. Sauber gestapelt auf dem Tisch die Klaviernoten: Clementi, Bach, Czerny, Bartók.

»Ist sie das?«

»Ja.« Elsa gibt Saskia das Bild ihrer Mutter. In einem hellen Sommerkleid steht eine Frau, lächelnd, am Treppengeländer vor einem Haus. Ihr rechter Arm liegt ausgebreitet auf dem Handlauf. Mit der linken Hand schützt sie sich gegen die Sonne, neugierig blickt sie an der Kamera vorbei auf etwas, das ihr offenkundig Freude bereitet.

»Sie ist schön.«

Sie betrachtet das Doppelporträt. »Da hast du ja noch plaits! Wie sagt man –«

»Zöpfe – ja, den Pferdeschwanz hab ich erst seitdem ich hier bin.«

»Sie hat viel hellere Haare als du, aber eure Augen sind gleich. Und der Mund.«

»Das war kurz nachdem sie zum ersten Mal krankgeschrieben wurde. Wir sind in ein Fotostudio gegangen. Das wollte sie.«

»Und dein Vater?«

»Der hat neben dem Fotografen gesessen. Meine Mutter wollte mit mir allein auf dem Foto sein.«

»Ja?«

Elsa scheucht Mimi aus dem Zimmer und legt die Orangenpapiere auf der Bettdecke aus.

»Sprichst du manchmal mit deiner Mutter?«

Elsa errötet. »Woher weißt du das?«

»Ich weiß es nicht. Ich stelle mir vor.«

»Nun, ich, ja – «

An der Wohnungstür klingelt es. »Wer kann das sein?«

»Willst du nicht gucken?«

»Schon, nur – «

Sie geht zur Tür, öffnet einen Spaltbreit. Ein Hausierer. Er hat einen Bauchladen umgehängt, er sieht erschöpft aus.

»Guten Tag«, er lüpft seinen Filzhut. »Na, junges Fräulein, ganz allein zu Hause?«

»Ja. – Nein.«

»Ja, nein? Hier, Wurzelbürsten aus der Blinden-anstalt, beste Ware. Schnürsenkel, Schuhcreme, Rasierklingen, Weckgummis.«

Ihr fällt auf, dass er nicht wie die Leute aus der Gegend spricht. Keiner sagt hier »Guten Tag«. Sie öffnet die Tür etwas weiter. Er deutet auf einzelne Artikel, hält sie ihr entgegen, doch sie rührt nichts an. Unschlüssig blickt sie sich um, ob Saskia ihr gefolgt ist.

»*The weather forecast for tomorrow. After foggy morning clouds, good visibility for the Rosenheim area …*«

»Was dagegen, wenn ich einen Augenblick rein-
komme?«

»Nein – ja, ich kann aber nichts kaufen.«

»Ich will mich nur eben hinsetzen und ein wenig
verschnaufen.«

»Ja gut – Saskia!«

»Hast du einen Hund?«

»Nein, der hätte sicher schon gebellt«, lacht Elsa,
»eine Katze. Saskia ist meine Freundin.«

Saskia kommt aus dem Zimmer und blickt etwas verwundert auf Elsa und den Fremden. »Hal-
loo!«, sagt der Hausierer und nickt Saskia zu.

»Hello!«, gibt sie zurück.

Als der Mann sich am Küchentisch niederlässt,
sieht Elsa, dass er nur einen Arm hat, der linke Är-
mel seines Jacketts steckt in der Seitentasche. Seinen Bauchladen hat er vorsichtig auf einen freien
Stuhl gesetzt. Der Gurt hat an seinem Hals einen
roten Striemen hinterlassen. Der Mann schwitzt, er
legt seinen Hut ab, im Hutband steckt eine Zigarette. Mit einem großen Taschentuch wischt er sich
über Gesicht, Hals und Nacken.

»Ihr hört Amiradio.«

Elsa stellt den Ton leiser.

»Ich mag die Musik.«

Unter seiner Jacke trägt er einen zerschlissenen

Pullover. Elsa fällt der Ring an seiner schmalen Hand auf, Zeige- und Mittelfinger sind vom Rauchen gelb verfärbt.

»Für mich könnt ihr aber nicht gedeckt haben«, sagt er auf den leeren Teller deutend.

Elsa blickt ihn unverwandt an. Saskia hat ein Wasserglas aus der Anrichte genommen und ihm zu trinken hingestellt.

»Danke, sehr freundlich – Saskia.« Er trinkt ihr zu und leert das Glas in einem Zug.

»Und wie heißt du, wenn ich fragen darf?«

»Elsa – und Sie?«

»Wendelin, Fritz Wendelin.«

»Sie sind aber nicht von hier.«

»Genauso wenig wie du. – Ich komme vom Vogelsberg. Wo die Vulkane sind. Ist aber lange her.«

»Möchten Sie was essen? Ich habe Nudelsuppe«, sagt Elsa.

»Ich komm' mir fast vor wie ein Bettler. Aber da sag' ich nicht nein. Und ihr?« Er lacht verlegen.

Elsa macht sich am Gasherd zu schaffen. Saskia hat das Glas nachgefüllt und sich Wendelin gegenübergesetzt. Neugierig betrachtet sie die Artikel im Bauchladen. Die Küchenuhr tickt laut. Mimi schlängelt sich zwischen Elsas Beinen durch und bringt sie fast zum Stolpern.

»Ihren Arm, haben Sie den im Krieg –?«, fragt Saskia, als Elsa die Suppe auftut und sich dann neben ihre Freundin setzt.

»Erraten. – Schmeckt gut. Sag deiner Mutter schönen Dank.«

»Ja.«

Schweigend sitzen die drei um den Tisch. Wendelin blickt die beiden Mädchen freundlich an. Mimi ist auf Elsas Schoß gesprungen und hat sich eingekringelt.

»Hab ich ein Glück«, sagt Wendelin, steht auf und hängt sich den Bauchladen wieder um. Saskia reicht ihm den Hut.

»Herr Wendelin, wissen Sie, warum die Amerikaner Amerikaner heißen?«

»Weißt du's, oder willst du's wissen? – Du meinst das Gebäck, ja?«

»Ich weiß es nicht.«

»Also ganz zufällig kann ich dir das sagen. Weil beim Backen Ammoniumhydrogencarbonat verwendet wird. Das kann kein Mensch aussprechen, deshalb: Am-erikaner!«

Saskia klatscht in die Hände. »Harmonium-Hydrogen-Carbonat?!«

»So ungefähr.«

»Das merk ich mir für Scrabble! Danke!«

»Sind Sie Chemiker?«, will Elsa wissen.

»Nein, ich hab in der Etappe beim Backen geholfen, da hatte ich noch beide Arme. Ein Konditor hat mir das erzählt. So einen Quatsch vergisst man nicht. Jetzt muss ich aber los. Vielen Dank. Macht es gut – oder wie der Tommy sagt: so long!«

Er nimmt aus seinem Bauchladen ein Stück Kernseife und gibt es Elsa, Saskia überreicht er eine Handbürste.

»Können wir gut gebrauchen, danke«, sagt Elsa.

Sie winken ihm in der Tür nach. Er blickt noch einmal zurück, tippt an seine Krempe und ist verschwunden.

»Wie geht Scrabble?«

Deutsche Schrift

»Wollen wir noch die Orangenpapiere –?«

»Ich glaub', ich muss jetzt los.«

»Ja, schade. Ich bring dich zum Bus.«

Sie gehen den Weg zurück über die Wiese bis zum Fluss. Plötzlich ist die Luft von quäkenden Rufen erfüllt. »Gänse!«, ruft Saskia. »Wo?« Die beiden horchen und suchen den Himmel ab. Ein weit ausschwingender Keil von Graugänsen wandert über sie hinweg, gleich darauf ein noch größerer. Gebannt verfolgen sie den Flug und bleiben stehen, bis der letzte Ruf verklungen ist.

»Das nächste Mal kommst du mit zu uns und bringst die fruitwrappers mit, ja?«

»Ja, gern.«

»Wir haben auch ein Klavier.«

Der Bus steht schon da, der Fahrer sitzt noch auf einer Bank, er raucht, liest Zeitung.

»Meine Mutter hat ein Tagebuch geschrieben, es ist aber schwer zu lesen, wegen der Schrift.«

»Welche Schrift?«

»Na, deutsche Schrift. Hier, guck mal.« Sie deutet auf die Telefonzelle an der Haltestelle.

Saskia starrt auf die spitz und eng laufenden Schriftzüge.

»Das ist deutsche Schrift? Und was steht da?«

»*Fasse Dich kurz! Nimm Rücksicht auf Wartende!*«

»Oh, zwei Befehle. – Da kann ich ja noch schnell meine Ma rufen.«

Der Busfahrer lässt den Motor an.

»Bis morgen!«

»Bis morgen!«

Sie winken einander zu, als der Bus abfährt. Im Busfenster gespiegelt, gleitet das Hochjoch an Elsa vorüber und verdunkelt für einen Augenblick Saskias Gestalt. Vom Dieselgestank angewidert, wendet sich Elsa ab und versucht, die Auspuffschwaden nicht einzuatmen. Sie blickt dem Bus ein Weilchen nach.

Hinter der Brücke verlässt sie die Straße und steigt vorsichtig die steilen Zementstufen zum Ufer hinab, sie muss sich unter dem Gewölbe bücken, der Raum ist eng. Sie erschrickt, so dröhnend laut ist hier der Fluss. Graugefleckte Findlinge liegen herum, dazwischen Unrat, Kot und alte Illustrierten, es stinkt nach Urin.

Elsa setzt sich auf einen Stein und sinkt in sich zusammen, sie verbirgt ihren Kopf in ihren Händen. »Nein! Ich fasse mich nicht kurz!« Sie schreit, sie greint, sie schluchzt so hemmungslos, als müsse sie den Fluss mit ihren Tränen zuschütten.

AMPEX!

In die Karos seines Mathehefts zeichnet Pauli kreuz und quer Buchstabenreihen mit ELSA, SASKIA, KAPUSTE, FERRO, FRANZ und PAULI. Etwas abergläubisch probiert er die Varianten aus, in denen sich die Namen kreuzen und miteinander verketten lassen. Das K von Saskia kommt nur in Kapuste vor, während sein eigenes A überall auftaucht, aber ausgerechnet Fräulein Ferro teilt keinen einzigen Buchstaben mit ihm, mit Franz aber gleich zwei. Elsa lässt sich mit allen Namen verknüpfen. Die trigonometrischen Gleichungen verblassen, *Sinus* und *Wurzel aus cosinus minus 1* rücken in weite Ferne. Pauli verliert den Faden. Er könnte bei Elsa vorbeischauen, sie ist in Mathe sehr flink. »Bei uns waren die strenger«, hat sie einmal gesagt und ihm ihr grünes Mathebuch gezeigt. Sie schien an dem Buch zu hängen. Herr Zmogrovitch hat einmal darin geblättert. »Donnerwetter! Aber wo sind die Denksportaufgaben! Die sind doch das Salz in der Suppe!«

»Ich muss bei Mengedoth noch was abholen und beim Dirrigl weiche Minen kaufen. Bis nachher!«, ruft er in Richtung Küche und ist schon aus dem Haus, ehe seine Mutter auch nur antworten kann.

In der Buchhandlung Mengedoth findet er das jüngste Heft von »Popular Mechanics«. Diese Wörter haben etwas Magnetisches. Pauli verwirren die vielen technischen Anleitungen, aber die kühnen Zeichnungen von phantastischen Projekten machen ihn süchtig nach dem Heft. Alles ist hier Zukunft, unaufhaltsam und optimistisch, amerikanische Zukunft, man sieht, was kommen wird, als wäre alles planbar. Nur Einar weiß das, sein Banknachbar.

»Da stehn die wildesten Sachen drin«, hat Einar Schuldenzucker zu ihm gesagt, der ganz allein Transistorradios, Funkanlagen und Peilsender baute.

Die Menschen in diesen Magazinen strahlen eine unerschütterliche Zuversicht aus, gleichgültig ob sie mit Haushaltsgeräten oder phantastischen Waffen hantieren. Sie sind einfach gegen alles immun. Unangreifbar, denkt Pauli.

Er blättert durch eine groß aufgemachte Bauanleitung, mit der man angeblich Fernsehsendungen auf ein breites Band aufzeichnen kann. Aus Television wird Film. Eine Konserve. Er kann es kaum glauben, was da geschrieben steht. Ein unbekanntes Wort starrt ihn an: AMPEX.

Im Artikel heißt es, mit etwas ›Know-how‹ könne man so einen Kasten selbst herstellen. Er kauft das Heft, radelt weiter. Das wird er Einar zeigen, gleich morgen. Know-how! AMPEX!

Er hat die Brücke schon überquert und will zum Schreibwarenladen Dirrigl abbiegen, als er Elsa unter der Achenbrücke hervorkommen sieht. Er klingelt. Elsa klopft sich den Staub vom Rock. »Ach du, Pauli!«

Er springt vom Rad und hilft ihr die Böschung hoch. Elsa verbirgt ihre Augen hinter einem Taschentuch.

»Was hast du?«

»Nichts. Ich war traurig. Da hab ich mich hierhergesetzt.«

»Und warum?«

»Wegen meiner Mutter.«

»Was ist mit ihr?«

»Sie ist heute vor einem Jahr gestorben.«

Pauli will etwas sagen, er schluckt. Er nimmt einen flachen Stein und lässt ihn übers Wasser hüpfen.

»Manchmal denke ich, dass es schneller vergeht, wenn ich nicht darüber rede.«

Sie schlagen den Weg zur Siedlung ein.

»Wolltest du zu mir?«

»Ja.«

»Wegen Mathe?«

Auf dem Trampelpfad kommt ihnen ein hagerer Mann entgegen, er geht leicht gebückt, trägt einen schweren, fleckigen Rucksack, in seiner Krempe steckt eine Eichelhäherfeder. Sein brauner Teint ist wie gebeizt, seine dunklen Augen fixieren die beiden.

»Na, Pauli – wann steigt wieder was?«

»Da muss ich den Onkel fragen.«

»Ja, von da droben sieht man fast alles! Der Adlerblick!«, sagt der Mann und geht zügig weiter.

Ein Segelflugzeug zieht in einer weiten Spirale seine Bahn, bald darauf kommt ein zweites in einer gegenläufigen Kurve dazu.

»Das war der Aschenbrenneraloys. Die Leute sagen, dass er wildert. Mit Schlingen. Die hat man gefunden, aber ihn hat noch keiner erwischt. Er kennt die Jagden besser als alle Jäger zusammen. Die sitzen sowieso meistens nur in den Wirtshäusern und saufen Bier und reden über die Jagd.«

»Und was meint er mit dem Steigen?«

»Das ist der Heißluftballon von meinem Onkel Karl.«

»Er hat einen Ballon?«

»Einmal ist er im Winter quer durch die Alpen gefahren, vom Bodensee aus. Bis nach Italien. Er macht Luftbilder fürs Vermessungsamt. – Willst du mal mitfahren?«

»Ist das denn erlaubt?«

Sie schaut zum Himmel. »Wie hoch steigt so ein Ballon?«

»Sechshundert Meter, manchmal auch eineinhalb Kilometer.«

»Dann wären wir ja fast so hoch wie die Gipfel!«

»Freilich. – Hast du Höhenangst?«

»Weiß ich nicht. Ich kann's mir nicht richtig vorstellen.«

Pauli hebt die Arme wie ein Dirigent.

»Man spürt es gar nicht. – Der Aufstieg, das ist wie, wie bei der Narkose. Als sie mir den Blinddarm herausgenommen haben, hab ich auch nichts gespürt.«

»Ich hab meinen Blinddarm noch.«

»Das ist wie am Skilift, das zieht dich hinauf wie nichts. Die reinste Himmelfahrt!«

Hoch über ihnen kreist ein Bussard.

Pauli hat noch nie eine Neubauwohnung von innen gesehen. Er blickt sich im kahlen Flur und in der Küche um. »Hell habt ihr's hier«, sagt er schließlich.

»Unsere Wohnung in Dresden war größer«, sagt Elsa, »die Zimmer waren höher. – Möchtest du was trinken? Oder einen Apfel?«

»Apfel gern.«

Der leergegessene Suppenteller steht noch auf dem Küchentisch, die verpackte Kernseife daneben.

»Fahrt ihr nächstes Jahr wieder nach Amrum?«

»Jedes Jahr. Meine Mutter kommt ja von dort. Ich glaub, sie hat Heimweh. Sie mag die Berge nicht.«

»Das kann ich gut verstehen. Ich war noch nie an der Nordsee. Eine Insel! Ich stell mir das toll vor, so weit, die Dünen, die Wolken und die Möwen. – Und keine Berge, nirgends!«

»Der Strand ist glatt gehobelt wie ein Parkett, und das Meer –«, Pauli sucht nach den richtigen

Worten, »wenn die Brandung kommt, dann haut es dich um und zieht dich weg, das glaubst du nicht! Und wie das rauscht!«

Elsa räumt den Tisch ab und breitet ihre Mathesachen aus.

»Wo hast du dein Heft?«

Pauli wird rot. »Hab ich vergessen. Vor lauter – hier, schau mal – «, er zieht aus seiner Jackentasche »Popular Mechanics« und legt es auf das Mathebuch: »AMPEX!«

Etwas ratlos blättert Elsa in dem Magazin. Pauli deutet auf die Bauanleitung für die Filmaufzeichnung, aber Elsa starrt nur auf ein großes Bild, das eine komplette Doppelseite ausfüllt: In einem riesigen Zimmer sitzt eine Familie wie hypnotisiert vor einem Fernsehapparat, an dem ein klobiger Kasten hängt. Neben dem Gerät steht ein athletischer Mann, der lachend eine große Spule wie einen Diskus in die Höhe hält. Das einzige Licht auf dem Aquarell scheint aus dem Bildschirm zu kommen, es taucht den Raum in ein kühles Violett. Hinter dem breiten Verandafenster am Ende des Raums ragen die Silhouetten riesiger Kakteen in die Nacht. »Die sehen ja aus, als würden sie unter Wasser leben.«

Geduldig erklärt sie die trigonometrischen Gleichungen, aber Pauli ist nicht bei der Sache. Immer
wieder schweift er ab und schaut sich in der spar-
tanisch eingerichteten Küche um. Es riecht ganz
anders als bei ihm zu Hause, in dem großen Bau-
ernhaus. Hier gibt es keine breite Eckbank, keinen
Kachelofen und auch kein Kruzifix. Nur der Ra-
dioapparat ist wie bei seinen Eltern. Einen Hund
ruft man hier vergeblich, aber Mimi ist sehr an-
hänglich.

»Hörst du mir überhaupt zu?«

»Ja, schon – entschuldige.« Pauli versucht sich
wieder zu konzentrieren. »Du wolltest mir doch
deine Orangenpapiere –«

Die Tür geht auf, Elsas Vater steht im Zimmer.

»Hallo, meine Gutste.« Er sieht müde aus.

»Ich hab dich gar nicht gehört.«

»Die Druckmaschinen haben gestreikt.«

»Grüß Gott«, sagt Pauli und steht auf.

Elsas Vater reicht ihm die Hand. »Guten Tag, du
bist bestimmt der Pauli.«

Pauli blickt etwas unsicher zu Elsa. Sie lächelt.

»So, wie Elsa Pauli beschrieben hat, kannst nur
du Pauli sein. Freut mich. – Ich leg' mich aufs Ohr.
Hat die Suppe geschmeckt?«

»Die Suppe? Oh ja, danke.«

»Was hast du ihm von mir erzählt?«

»Du bist vielleicht neugierig!«

»Ich frag ja bloß.«

»Ich hab ihm gesagt, dass ich dich mag.«

Der Zaunkönig

Eine helle Flamme schießt in das unförmige Zelt der roten Ballonhaut. »Jetzt!«, ruft Karl, und Saskia, Elsa und Pauli schwingen sich in den Korb, der langsam in die Senkrechte kippt. Wie in Zeitlupe bläht sich der Ballon zu voller Größe auf. Die Gehilfen stemmen sich in die Halteseile, der riesige Ballon steht traumhaft verwackelt mit gespannten Seilen lotrecht über dem Korb.

»Los!«, ruft Karl und feuert weiter. Seine Leute geben die Seile frei und wie von Zauberhand löst sich die Gondel vom Boden. Das riesige Gefährt schwebt leicht zur Seite geneigt in die Höhe. Die goldenen Nebelflecken über den Moorwiesen verblassen. Elsa, Saskia und Pauli halten sich an der Brüstung fest. Elsa blickt in den Himmel, wo der bleiche Mond im Morgenlicht verwelkt. Sie zittert vor Freude. Saskia starrt wie hypnotisiert in die zurückweichende Tiefe: Kirche und Häuser, Wiesen und Äcker, Fluss und Weiher treten in ihren blassen Farben immer deutlicher hervor, während sie kleiner und kleiner werden. Pauli kann seine Augen nicht von der fauchenden Gasflamme wenden. Er kriegt es mit der Angst zu tun, als er in das Gewirr der Seile blickt und sich an ein altes Buch erinnert, das er in der Bibliothek seines Onkels gesehen hat: »Luftreisen« stand goldgeprägt auf dunkelgrünem Grund: Zwei Männer waren darauf zu sehen, die in einer mit Messinstrumenten bestückten Gondel um ihr Gleichgewicht kämpfen und aus dem Gefährt zu fallen drohen. Der Onkel lächelt ihm zu, Pauli beruhigt sich.

Hoch über Marstein schwebt die Gondel nach Norden, in der weiten Ebene vor ihnen zeichnet sich im Morgendunst das herzförmige Blau des Chiemsees ab. Mit einem Mal ist es ganz still, die Flamme schweigt, kein Lüftchen regt sich, unmerklich gleiten sie dahin.

»Die Thermik ist günstig«, sagt Karl und deutet in Richtung Chiemsee. Allmählich finden die drei ihre Sprache wieder. »The tennis court!«, ruft Saskia aus, als sie fast genau über dem roten Rechteck schweben. Die beiden Spieler auf dem Platz blicken nach oben und winken den Luftschiffern zu. Der trockene Knall des Ballwechsels kommt sichtbar verzögert oben an. »Der Schall! Der Schall! Die Schallgeschwindigkeit!«, ruft Pauli, »ich glaub's nicht! Schau doch mal, Elsa! Saskia, da! Man kann den Schall sehen!«

»Ein Saurudel!«, lacht Karl, ehe er die Flamme wieder kurz anfacht, »da hinten, im Unterholz.« Wie ein dunkler Schemen rast ein Rudel Wildschweine durch das niedere Gehölz. Der wasserkopfige Schatten des Ballons gleitet über die Ache und treidelt seine flüchtige Spur über das Schilf längs des Flusses. Flirrende Lichtschuppen lösen sich aus dem Wildwasser und blenden die Luftfahrer. Aus weiter Ferne nähert sich mit zwei langen Pfiffen eine Lokomotive, ihr grauweißer Dampf verharrt für einige Augenblicke als kleines Wölkchen über dem Bahndamm. Nebelkrähen ziehen unter ihnen hindurch.

»Wir fahren noch ein paar Stockwerke höher.« Karl feuert nach. Das Land unter ihnen dehnt sich in die Weite: Straßen, Alleen und rot gedeckte Einfamilienhäuser gruppieren sich zu einer Märklin-Landschaft, Feldwege krümmen sich um graue Hecken, und in der Ferne liegen der Chiemsee und sein kleiner Bruder, der Simssee, wie im Atlas vor ihnen hingebreitet. Die hellen Dreiecke der Segelboote stehen wie aufgeklebt auf dem Rauchglas der Wasserfläche.

Sie passieren die Baumgrenze und können jetzt zum ersten Mal das Panorama der weiter entfernten Berge sehen. Schroffe Täler verengen und verlieren sich in noch unbeschienene Tiefen. Mit einem Mal und erst aus dieser Höhe scheint vorstellbar, dass »vor ellenlanger Zeit«, wie Kapuste sagen würde, »Meereswassermassen durch diese Schluchten geschwappt und zu riesigen Eisblöcken erstarrt« sind. Über verwegen aufsteigende Nadelwälder haben die Gipfel ihre zerzausten Schneekappen gestülpt.

Elsa überfällt ein Gefühl der Verzagtheit, sie will es verscheuchen, indem sie auf die einzelnen Berge deutet: »Kampenwand, Geigelstein, Hochgern!«, ruft sie aus, aber sie hört sich diese Namen ganz hohl aufsagen. Sie muss an Robinson denken, wie der Gestrandete gleich zu Beginn einen Berg besteigt »und zu seinem großen Leid«, wie es im Buch heißt, erkennt, dass er sich auf einer öden, unbewohnten und vielleicht von wilden Tieren behausten Insel und nicht auf dem Festland befindet und er ringsum nur Wasser sieht. Doch unversehens weicht mit dem höher steigenden Ballon ihre Angst und saust wie ein lästiges Gewicht in die Tiefe. Mit jedem Augenblick mehr genießt sie den Triumph, ein Mal, ein einziges Mal über den Bergen zu schweben. Wie der Zaunkönig in der Sage hat sie den Adler überlistet.

Pauli ist von dem Anblick der Gipfel so hingerissen, dass er kein Wort hervorbringt. Gebannt wandern seine Augen über den tief gestaffelten Kranz der Berge, er ist berauscht von der Mühelosigkeit, mit der sie diesen weiten Ausblick erreicht haben.

Saskia holt ihren Fotoapparat heraus, knipst das Panorama und dann auch die beiden Freunde und Karl.

»Bei Gegenlicht muss ich den Blitz nehmen, sonst erkennt man eure Gesichter nicht«, sagt Karl und stellt seine Kamera ein. Die Sonne ist schon höher gerückt und lässt die Umrisse der drei eng umschlungenen Gestalten gleißend hell erscheinen. Sie fahren über den Chiemsee, linker Hand zieht wie ein Modell das riesige Schloss Herrenchiemsee unter ihnen vorbei, dahinter das schmale Eiland von Frauenchiemsee. Nur wenige Segelboote sind auf dem ruhigen Wasser. Kein Lüftchen regt sich. Sie winken dem tief unter ihnen dahingleitenden Spiegelbild ihres Ballons zu. Zwei Schwäne erheben sich mit heftigen Flügelschlägen knapp aus dem Wasser, sie rennen förmlich auf der Oberfläche dahin, ehe sie erschöpft wieder aufsetzen.

Steigend und sinkend navigiert Karl das Gefährt über unsichtbare Luftwege auf das feste Land zurück. Auf einer Wiese bei Grabenstätt setzen sie auf. Einige Kühe werden von einer kleinen Unruhe erfasst und springen davon. Die Gehilfen waren den Luftschiffern mit einem Auto gefolgt.

Wie betäubt von der Fülle der Aussichten und der überwältigenden Weite in der Höhe hüpfen Elsa, Saskia und Pauli aus der Gondel. Elsa macht zwei, drei Schritte, sie taumelt und fällt Pauli in die Arme.

Die Zentaurin

Während sie im Radio ihren Sender sucht, hört Elsa, wie Pauli in ihrem Zimmer die Orangenpapiere laut bestaunt, die er heute zum ersten Mal sieht.

Tommy Edwards, and: »It's all in the game«! und schon wird die Stimme von der Musik weggespült. Elsa bleibt auf der Schwelle zu ihrem Zimmer stehen und schaut auf Pauli herab, der vor ihrem Bett kniet und die Papiere über die Decke verstreut.

»Was ist das Schönste?«, fragt sie und macht die Tür hinter sich zu. Sie kniet sich neben ihn.

Mit einem schnellen Griff zieht Pauli ein Blatt aus dem Stapel. »Das hier, das bist du, weil – «, Elsa legt Pauli einen Finger auf den Mund und schaut auf das Papier. »Nicht sagen, lass mich raten.«

Ein wildes Mischwesen, halb Mänadin, halb Pegasus mit schwarz gescheckstem Pferdeleib, entblößten Brüsten und stürmisch wehendem Haar springt und fliegt es mit schmetternder Fanfare durch einen roten Kreis.

»Eine Zentaurin!«, ruft Elsa. Pauli löst ihren Finger, kost ihre Hand, kost ihren Hals und küsst sie auf den Mund.

»Pauli?! Machen die Zentauren das so?«

»Hab ich mal gelesen.«

»Du und gelesen!«

Elsa zieht ihn auf das Bett. »Deine ganzen Papiere!« »Sollen sie doch knittern!« Sie küsst ihn, er öffnet ihre Haarspange, ihr Pferdeschwanz fällt wie ein breiter Fächer über ihre Schultern. Sie fährt mit dem Zeigefinger über seinen Hals und knöpft sein Hemd auf. »Gleich bist du ein griechischer Jüngling. Hier!« Sie hält einen Herkules hoch, er reißt sich sein Hemd vom Leib, ein Knopf springt ab. »Und du und du, eine Diana.« Pauli zeigt ihr eine halbnackte Göttin, die mit Orangen jongliert, Elsa hat ihre Bluse und ihren Rock ausgezogen und ihre kleinen Brüste mit Löwen bedeckt. »Die Tiere schützen mich!« »Einer hat sie aber gesehen.«

»Das hat er büßen müssen!« Pauli beugt sich über sie und bläst die Papierhüllen fort. Ein wenig zaudernd liebkost er ihren nackten Körper, die festen Aprikosen ihrer Brüste, Elsa umfängt ihn und zieht ihn unter die Bettdecke.

»Ist das deine Blinddarmnarbe?«
   »Ja, hör auf!! Ich bin kitzlig. – Und deine Hüfte?«
   »Wenn ich liege, tut nichts weh. Kannst sie ruhig berühren. Ich werde dich jetzt salben. Ganz ruhig.«
   »Elsa, du spinnst!«
   Pauli strampelt außer sich vor Lust, Elsa besänftigt ihn, und fast schmerzlos vereinigen sie sich.
   »Du schmeckst nach Datteln!«

Nach Luft schnappend, tauchen ihre roten Köpfe wieder auf.
   Pauli küsst sie, er küsst sie und schließt die Augen, Elsa blickt ihn unverwandt aus ihren meerfarbenen Augen an.
   Mit einem kleinen Aufschrei gleitet Pauli aus Elsas Schoss. Sie halten sich noch eine Weile eng umschlungen.
   »Bitte! Wir, ich meine«, wimmert Pauli, »mich bringt das durcheinander?«
   »Hast du schon einmal – ?«

Pauli schüttelt den Kopf. »Und du?«

»Nein. Es hat ein bisschen wehgetan.«

Pauli steht auf, er schwankt. »Die ganzen Papiere!«
Elsa presst das Kopfkissen an ihre Brust und
umschlingt ihre Knie. »Pauli!«, flüstert sie.

Rudern

Am letzten Sonntag im Oktober fährt Elsa mit ihrem Vater im Zug von Marstein nach Prien. Die frühen Nebel lösen sich auf, die Berge weichen zurück, je weiter sie nach Norden kommen.

»Luiserl« steht rot gepinselt auf dem blau-weißen Ruderboot. Elsa nimmt am Heck Platz, ihr Vater rudert. Sie trägt einen roten Pullover und einen schottisch gemusterten Rock. Ihren Pferdeschwanz hat sie unter einen Strohhut gesteckt. Aus ihrer Tasche holt sie einen Klappkompass, ein Geschenk ihrer Großmutter.

Ihr Vater hat im Boot seine große Joppe abgelegt, bald rudert er mit hochgekrempelten Ärmeln.

»Wohin geht die Reise?«

»Vielleicht schaffen wir es bis Herrenchiemsee. Du dirigierst mich.«

Zwei Bettelschwäne kommen ihnen entgegen.

»Du wirst sie nicht mehr los, wenn du – «, warnt sie ihr Vater.

»Dann musst du eben schneller rudern.«

Die seitlich heranrückende Welle eines Ausflugsdampfers lässt das Boot schwanken, doch die Woge ebbt rasch ab, ruhig ziehen sie dahin.

Elsa verliert sich im Anblick der perlenden Tropfen, die eine zerplatzende Spur zu beiden Seiten des Bootes hinterlassen, sobald die Blätter aus dem Wasser tauchen. Mit dem nächsten Schlag ist alles verwirbelt und zerwühlt.

»Kapuste hat gesagt – «

»Der scheint dich ja mächtig zu beeindrucken – «

»Ich soll dich von ihm grüßen, hab ich ganz vergessen.«

»Ich muss endlich mal zu ihm, er kennt mich ja nur ganz flüchtig.«

»Er hat gesagt, das Wasser ist«, sie zögert, weil sie sich an den genauen Wortlaut erinnern will, »das Wasser ist ein fremder Gast auf unserer Erde.«

»›Ein fremder Gast‹?«

»Er sagt, dass man sich eigentlich nicht erklären kann, wo das Wasser auf der Erde herkommt. Es könnte ein riesiger Eisbrocken aus dem Weltall gewesen sein.«

»Sagt Kapuste. – Das hör’ ich jetzt zum ersten Mal. – Warum nicht? Verrückt, aber wer weiß? Dann könnte ja das Leben importiert worden sein. – Sind wir schon näher an der Insel?«

»Ein bisschen. Strengt dich das Rudern an?«

»Wir machen mal Pause. Es soll heute noch mal warm werden.«

Sie trinken Tee aus der Thermoskanne, essen Brote und Äpfel. Eine Schar Möwen kreist über dem Boot.

Langsam dreht sich der treibende Kahn und verschiebt die Perspektiven.

»Wann habt ihr euch kennengelernt?«

Elsas Vater holt tief Luft.

»Lu, ich meine, deine Mutter und ich? – Kurz vor dem Krieg. Im Frühjahr ’41. Hab ich dir das nie erzählt?«

»Aber der Krieg hat doch 1939 angefangen.«

»Der Polenfeldzug, ja. Der Krieg zwei Jahre später.«

»Ach so. Warst du auch in Polen?«

»Nein. Ich hatte Glück. Aber nur am Anfang.«

Neben dem stillen Boot tauchen Fische auf und trudeln zurück in die Tiefe, dunkel gepunktete Saiblinge, silbern geschuppte Rapfen.

»Die tragen ja eine Ritterrüstung«, sagt Elsa und taucht ihre Hand ins Wasser.

»Und wo habt ihr euch dann wiedergesehen?«

»In Coswig an der Elbe.«

»Bei der Fähre?«

Einmal, an einem Tag im Frühling hatte Elsa mit vier oder fünf Jahren am sandigen Ufer der Elbe gestanden und mit ihrer Mutter auf die Fähre gewartet. Störche flogen über die Wiesen, und der Fluss kam ihr so breit und unüberwindlich vor wie das Meer.

»Lu war durch einen verrückten Zufall noch in der ersten Februarwoche aus Dresden weggekommen, zu einem Rotkreuzkurs nach Coswig. Sie hat ihrer Nachbarin die Adresse hinterlassen. Als ich dann nach Kriegsende in unsere Stadt zurückgekommen bin, hat Frau Lassan, du wirst dich an sie nicht erinnern, mir die Adresse gegeben.«

Er greift wieder zu den Rudern, dreht das Boot und setzt die Fahrt fort.

»Und wart ihr dann wieder ineinander verliebt?«

»Ja. Sehr. Wir waren so froh, dass wir einigermaßen heil aus dem Schlamassel rausgekommen sind.

Deine Mutter konnte bald wieder als Zeichenlehrerin arbeiten.«

»Vorsicht, eine Boje!«, ruft Elsa.

Das Boot stößt gegen eine rot-weiß gestrichene Stahlkugel, ohne Schaden zu nehmen.

»Wie alt war sie, als sie krank geworden ist?«

»Fünfunddreißig.«

Herrenchiemsee ist näher gerückt. Gelb und leuchtend rot die Laubbäume des Parks, weiter entfernt das beharrliche Grün der Tannen. Auf dünnen Pfählen flimmert ein langer Steg im Gegenlicht, weiter draußen zieht der Scherenschnitt zweier Schwäne über das gleißend schraffierte Wasser. Träge steigt ein Reiher auf, driftet nach einigen Schlägen ab und taucht ins hohe Schilf ein.

»Und warum habt ihr es mir nicht gesagt.«

»Was hätten wir dir denn sagen sollen? Lu wollte es ja selbst nicht glauben, dass es etwas Ernstes ist.«

»Und du?«

»Ich habe vielleicht mehr gewusst, als ich ihr sagen wollte. – Wir wollten dich nicht beunruhigen.«

»Aber ich habe doch was gemerkt!«

Ihr Vater schweigt. »Elsa«, sagt er und klappt die Ruderblätter ins Boot, »ich hab selbst nicht gewusst, was ich machen soll. Dass es dann, als sie in die Klinik gekommen ist, so schnell mit ihr zu Ende gehen würde, habe ich nicht wissen können. Die Ärzte haben uns eigentlich immer nur beschwichtigt, wenn sie überhaupt mal was gesagt haben.«

»Hat sie sehr leiden müssen?«

»Sie hat nie geklagt. Nur einmal, da hat sie gesagt: ›Wie durch ein Wunder bin ich aus Dresden weggekommen – und jetzt das!‹ – Sie war so jung.« Das Boot schleift über den flachen Sand und kommt mit einem leichten Ruck zum Halt.

Ihr Vater beginnt leise zu weinen.

Stimmbruch

»Ich verstehe kein Wort, Elsa.« Saskia zeigt ihrer Freundin den hektographierten Zettel mit Noten und Strophen: »Gesang«.

Elsa überfliegt das Blatt, murmelt *Wald staad, Weg vawaht, vaschniebn, koa Steigl* und schüttelt den Kopf.

»Das ist Dialekt. Die reden hier so. Ich versteh' auch nur Bahnhof.«

»Bahnhof? Railway station?«

»Nein, das sagt man, wenn man nichts kapiert. ›Bahnhof‹ – vielleicht kommt das von der Lautsprecherdurchsage, die man oft nicht versteht – ich weiß es nicht.«

»Und wovon handelt dieser song?«

»Ein Weihnachtslied, glaub' ich. Wir sollten Pauli fragen. Wir haben ja noch ein paar Minuten – Pauli!«

Sie holen ihn auf dem Weg zum Musikpavillon ein.

»Übersetz doch mal bitte dieses Kauderwelsch«, sagt Elsa und hält ihm das Blatt unter die Nase.

»Ha! – Jetzt lach' ich! Kauderwelsch!« Pauli singt die erste Strophe gleich mit.

»*Im Wald is so staad, / Alle Weg san vawaht,* das versteht doch jedes Kind! ›Staad‹ ist still und ›vawaht‹ ist verweht.« Seine Stimme kratzt ein wenig, als er den höchsten Ton auf *san* in der dritten Zeile erklimmt: »*alle Weg san vaschniebn, / Is koa Steigl net bliebn.*« Alle Wege sind verschneit – und ›koa‹ ist keine, also keine Steige, kein Weg ist mehr frei … so ungefähr.«

Vor dem Flügel liegt auf einem kleinen Tisch eine Zither.

»Dreistimmig«, sagt Herr Weiß und teilt den Chor auf, »das Lied kennen ja alle – oder fast alle. Pauli bleibt in der Gruppe von Elsa und Saskia – als Stütze.«

Er steht am Flügel und geht mit jeder Gruppe die Stimmen durch.

»Sobald das einigermaßen sitzt, begleite ich euch auf der Zither. Bis Weihnachten ist es noch eine Weile hin. Wenn Saskia die Aussprache zu schwierig ist, kann sie ja erst einmal nur mitsummen.«

»Danke, Sir«, sagt Saskia. Sie hat schon eine ganz eigene Version unter den Text gekritzelt: *In void is a star / Alley ways sun forward / Alley ways sun for sheen / Esquire's idle no lean.*

Herr Weiß schlägt die Stimmgabel an, hält sie an sein Ohr, summt und gibt den Einsatz. Er geht von Gruppe zu Gruppe und dirigiert dabei mit leichter Hand. Er bleibt bei Pauli stehen, horcht und bedeutet ihm, ohne das Singen zu unterbrechen, die Gruppe zu wechseln. Pauli errötet und gesellt sich zu den tieferen Stimmen.

»Jetzt hat's dich auch erwischt«, sagt der schweigsame Franz, als sie die erste Probe beendet haben.

»Stimmbruch ist kein Beinbruch«, sagt Herr Weiß leise zu Pauli und legt ihm die Hand auf die Schulter, »die Mädchen werden's verkraften.«

»Sicher«, sagt Pauli und lächelt.

»Schade«, flüstert Saskia ihrer Freundin ins Ohr, »er riecht so gut.«

»Ja, das stimmt.«

Der lange Benni sitzt allein in der hintersten Stuhl-
reihe. Herr Weiß hat ihn schon am Ende der ersten
Stunde vom Singen befreit: »Hoffnungsloser Fall.«

The White Horse

Dear Elsa,

ich bin erschrocken und habe geweint, als ich deinen Brief gelesen habe. Kannst du mir bitte bald wieder schreiben, wie es Pauli jetzt geht? Ist er noch im Hospital in Rosenheim? Wie lange? Kannst du ihn besuchen? Bitte sag ihm, dass ich sehr an ihn denke. Ich will ihm auch schreiben, darf er lesen? Willst du mir bitte seine Adresse senden? Kannst du ihm vorlesen? »Schädelbruch?«, hat meine Mutter gefragt, »bist du sicher?« Warum wollte er mit dem Fahrrad noch über die rails fahren? Er muss den Zug gehört haben, er muss ihn gesehen haben! Ich hoffe, er wird wieder ganz gesund! Ich muss daran denken, wie ich hinter ihm auf seinem Fahrrad gesessen bin, oben am Knuppelweg – and down we went! Er war traurig, als er seinen voice break hatte! Und wie er lacht auf dem Schnappschuss im Balloon! Hier ist es noch kühl, es regnet viel. Wenn es einmal nicht regnet, sagen die Leute, es ist »bright and sunny!« Man spricht viel über das Wetter. Einmal hat es geschneit, aber nur ganz dünn, wie gepuderter Zucker. Im Chor singen wir »As Torrents in Summer«. Frag Herr Weiß, er wird es kennen. Westbury in Wiltshire ist einsam. Der Weg in die Schule ist weit, mein großer Bruder fährt mich jeden Morgen. Er baut Schiffe. Einen Herr Kapusty gibt es in der Schule nicht. Leider. Ich kenne hier keine Seele. Nur meine Tante Hermione, sie ist meines Vaters Tante, wohnt hier nahebei. Sie spricht aber nicht mit Mädchen, sie ist eine Witwe. Ihr Mann war Lieutenant General und hat niemals mit Mädchen gesprochen, sagt Tante Hermione. Sein liebstes Schimpfwort war ›girlish‹, sagt sie. Ich höre viel BBC, AFN haben wir hier nicht. Kennst du »Summertime Blues« von Eddie Cochran? Mein Bruder hat die Single gekauft. Manchmal bin ich heimweh nach Marstein, das ist seltsam. Es ist alles so eilig gegangen. Mein Vater war nur eine Woche vor Weihnachten informiert, dass er wieder nach England zurückmuss. Wir sehen ihn selten. Hier gibt es keine Berge, nur grüne Hügel, wie Wellen. Auf einem Hügel ist ein riesengroßes White Horse in einen slope gekratzt. Die Erde ist weiß unter dem Gras. Das ist Kreide, sagt mein Bruder. Meine Mutter hat ein Aquarell von exakt diesem White Horse vor dem Krieg geschenkt bekommen. Sie liebt das Bild über alles. »Everything is in it, everything from the outside!« Es ist jetzt bei uns im Salon. Vielleicht kannst Du im Sommer nach Westbury kommen, dann können wir wandern und eine Excursion mit dem Zug durch die Salisbury Plain machen? Das wäre lieblich. Ma hat mir das Poem von der Little Sphinx abgeschrieben. Immer dieses entweder – oder! Sie sagt, es ist pädagogisch!

Come along in then, little girl!
Or else stay out!
And in the open door she stands,
And bites her lips and twists her hands,
And stares upon me, trouble-eyed:
»Mother,« she says, »I can't decide!
I can't decide!«

Bitte grüße Deinen Vater und Herr Kapusty und Herr Rugenstein und lange Benny und Herr Weiß und schweigsame Franz.

I miss you and Pauli so much!
    Love, Saskia

P.S.: Hast Du Herr Wendelin noch einmal gesehen? Was hat er im Winter gemacht? Erinnerst Du das riddle? Stell dir vor, Tante Hermione, die nie mit mir spricht, hat gesagt, sie kennt es! Als ein Kind war sie in Hanover vor dem Great War, 1913. Eine Lehrerin, Miss Schwitters, hat den Schülern immer diese riddles vorgelesen. »Und die Lösung, was ist die Lösung?«, habe ich sie gefragt. »Oh, dear, I've forgotten!«

Ihre Stimme

Elsa liest den Brief und hört Saskias Stimme. Sie liest den Brief immer wieder, weil sie sich den dunklen und fröhlichen Klang von Saskias Stimme ins Gedächtnis rufen will. Unter ihren Brief hat Saskia das weiße Pferd gezeichnet. Lange starrt Elsa auf das Blatt, dann steckt sie den Brief wieder in den Luftpostumschlag.

Sie wird Pauli bei ihrem nächsten Besuch daraus vorlesen. Paulis Kopf und Nacken sind stark bandagiert. Er ist sehr still, aber er kann sprechen, sehr leise.

Das letzte Mal hat sie ihn geküsst, als sie kurze Zeit allein mit ihm im Zimmer war, und sie hat ihm ein gefaltetes Orangenpapier in die Hand gelegt. Die Zentaurin. Als er das Papier auseinanderfaltete, hat er auf der Rückseite etwas Hartes gefühlt. »Mein Hemdknopf – ich glaub's nicht!«

Sie zieht das Orangenpapier mit der Sphinx aus dem Stapel und legt es neben sich auf den Tisch, alle übrigen Papiere verstaut sie in einer Lebkuchenschachtel, nachdem sie schmale Etiketten wie kleine Taufscheine zwischen die Motive gelegt hat: »Pinguine«, »Pferde«, »Göttinnen«, »Ätna«. Sie verschnürt den Karton und schreibt in ungelenker deutscher Schrift *Saskia Rigby, Pauli Asam, Elsa Wyborny* auf den Deckel. Sie hält die Schachtel an ihr Ohr und schüttelt sie. Sie lächelt. Dann verstaut sie den Karton zuunterst in ihrem Schrank. Saskias Brief pinnt sie an die Innenseite der Schranktür.

Draußen hat es wieder zu schneien begonnen. Mit der einsetzenden Dämmerung fallen die ersten dicken Flocken durch die gelben Kegel der Straßenlaternen. Wie eine fadenscheinige Gardine wirbelt das Schneegewebe durch die Luft. Aus dem schwarzen Nichts schießen die Flocken herab, sie bündeln sich unter dem Lichtschein zu hellen Garben und verwandeln den Asphalt in ein Schwarz-Weiß-Negativ. Die Strähnen und Nähte der Flocken werden enger und drängender, wie ein fortwährend sich auflösendes Brautkleid zerstieben sie unter dem fauchenden Wind zu tausend Fetzen. Ein Autofahrer eilt, den Mantel über den Kopf gezogen, zu seinem Wagen, die Scheinwerfer flammen auf, zwei hell schraffierte Strahlenbündel stochern im Dunkel, das Auto wendet, und für einen Augenblick schießen die Scheinwerfer in Elsas Zimmer und werfen groteske Silhouetten von Baum, Zaun und Laterne auf die Wände. Die winzigen, von Schnee schon überzuckerten Johannisbeeren der Rücklichter tröpfeln ihre Spur auf die Schneedecke, ehe der VW aufheulend in der Nacht verschwindet. Der dunkle Abdruck der Parkfläche wird rasch übertüncht. Unaufhörlich und mit wechselnden Tempi strömen die schimmernden Flocken wie Morsezeichen herab, funkelnde Ausschüttungen, breit gefächerte Spuren, hell gestriegelte Schwärze, Striemen, die von den Sternen kommend durch die Nacht sinken, und Elsas Blick verliert jeden Halt in der jetzt sie verschlingenden Trance.

Des Rätsels Lösung: PAPIER
Wilhelm Berta (1760-1833)

Inhalt

1. Auflage 2014

Verlag Galiani Berlin
© 2014, Verlag Kiepenheuer & Witsch GmbH & Co. KG, Köln
Alle Rechte vorbehalten. Kein Teil des Werkes darf in irgendeiner Form
(durch Fotografie, Mikrofilm oder ein anderes Verfahren) ohne schriftliche
Genehmigung des Verlages reproduziert oder unter Verwendung
elektronischer Systeme verarbeitet, vervielfältigt oder verbreitet werden.
Umschlaggestaltung: Hanna Zeckau, Berlin
Umschlagmotiv: © Sammlung Hanns Zischler (Dank an Janna Astner)
Autorenfoto: © Julia Baier
Lektorat: Esther Kormann
Gesetzt aus der Minion
Satz: Hanna Zeckau, Berlin
Druck und Bindung: CPI books GmbH, Leck
ISBN 978-3-86971-096-9

Weitere Informationen zu unserem Programm finden Sie unter
www.galiani.de